LES ŒUVRES COMPLÈTES

de

Jules Renard

(1864 - 1910)

Ragotte

suivi de

La Maîtresse

Typographie
FRANÇOIS BERNOUARD
73, Rue des Saints-Pères, 73
A PARIS

Œuvres Complètes
de
Jules Renard

Justification

Il a été tiré de cet ouvrage :

10 exemplaires sur Japon numérotés de 1 à 10

50 exemplaires sur Hollande numérotés de 11 à 60

200 exemplaires sur Arches numérotés de 61 à 260

1240 exemplaires sur Vergé Navarre numérotés de 261 à 1500

Plus 50 exemplaires de Chapelle, sur vergé Muller lettrés de A à Z de a à z

N° du présent exemplaire :

LES ŒUVRES COMPLÈTES

de

Jules Renard

(1864-1910)

Ragotte

suivi de

La Maîtresse

Typographie
FRANÇOIS BERNOUARD
73, Rue des Saints-Pères, 73
A PARIS

Nos Frères Farouches

Ragotte

A Octave Mirbeau
et Lucien Descaves

I

Mœurs de Ragotte

Elle est si naturelle que, d'abord, elle a l'air un peu simple. Il faut longtemps la regarder pour la voir.

A l'Ecole

Elle est allée à l'école huit mois, chez ce vieil ours de Varneau.

On payait trente sous par mois et, en hiver, chaque élève apportait le matin sa bûche.

Il y avait deux partis en classe : les écriveux et ceux qui n'écrivaient pas. Ses sœurs ont eu le temps d'apprendre. Comme elle était l'aînée, elle a dû tout de suite se mettre au ménage avec sa mère, et elle n'a rien appris.

Elle connaît la lettre P, la lettre J et la lettre L, parce que ces lettres lui ont servi à marquer le linge de ses petits, qui s'appellent Paul, Joseph et Lucienne. Elle reconnaît aussi le chiffre 5, on ne sait pas pourquoi.

Elle ne peut rendre la monnaie que sur dix sous. Par exemple, si on lui achète un sou de lait, elle redoit neuf sous. A partir de dix sous, elle s'embrouille, et elle aime mieux dire :

— Vous me paierez une autre fois !

Elle se passe bien d'écrire, mais elle regrette encore de ne pas savoir lire. On a beau lui faire lentement la lecture d'une lettre, elle se méfie. Si elle savait, elle pourrait lire la lettre à son aise, la relire toute seule, en cachette, souvent.

— J'ai soixante ans, madame, dit-elle à Gloriette. c'est trop tard; si j'en avais vingt de moins, je vous ferais une prière: je vous prierais de m'apprendre à lire !

Elle observe Mademoiselle penchée sur sa table de travail.

— Je viens voir, dit-elle, si vous ne vous trompez pas dans vos écritures.

Et elle ajoute, fine, haussant les épaules pour se moquer d'elle-même :

— C'est bien à moi !...

Quand son homme, Philippe, est absorbé par la lecture du *Petit Parisien*, elle a envie de lui arracher le journal et de le jeter au feu.

— Qu'est-ce qu'il trouve donc de si curieux là-dessus ?

Si elle reçoit une lettre à son nom, ce qui ne lui

arrive presque jamais, elle l'apporte à Philippe.

— Ah! mon Dieu! fait-elle, troublée, dépêche-toi!

— Tu as le temps, peut-être! répond Philippe.

— Écoute, dit Ragotte, tu vas me la lire d'abord une première fois, vite, pour que je sache si c'est une bonne ou une mauvaise nouvelle. Ensuite, tu me la liras une deuxième fois, sans te presser, pour que je comprenne, comme il faut, ce qu'ils me veulent.

Elle ne sait pas encore que le timbre des lettres est à deux sous.

Elle explique ainsi ce que fait un employé de bureau :

— Toute la journée, dit-elle, il écrit dans une chambre.

Louée

A douze ans, elle était déjà en maître, c'est-à-dire au service des autres, chez une vieille dame ayant les moyens, mais si avare qu'elle ne pouvait pas garder une servante.

A l'arrivée de Ragotte, les voisines se dirent :

— Elle est fraîche, cette petite-là. Elle n'aura pas longtemps sa bonne mine!

La vieille dame taillait elle-même la soupe pour qu'elle fût claire de pain.

— Quand on ne travaille pas beaucoup, disait-elle, on n'a pas besoin de beaucoup manger.

Jamais on ne veillait. Hiver comme été, il fallait se coucher à la nuit tombante et ne pas user de chandelle.

Dès que la vieille dormait, Ragotte allait prendre le pain dans l'arche et se coupait une tranche mince sur toute la longueur de la miche. Elle mangeait sous ses draps, sans bruit, au risque de s'étouffer, et sans plaisir, parce que, demain, la vieille s'apercevrait sûrement de quelque chose.

La vieille ne s'aperçut de rien, et Ragotte, contente de gagner quelques sous qu'elle devait donner à sa mère, ne se plaignait pas.

Au bout de trois mois, sa mère, la voyant maigrir, la retira à cause des voisines, par fierté.

***

Elle dit, à propos de tout ce qui a précédé sa naissance :

— En ce temps-là, je n'étais pas faite.

— Quand mon père se fâchait, il me disait : “ Si tu n'es pas contente, passe par où les maçons n'ont pas maçonné. ”

— Qu'est-ce qu'il voulait dire?

— Par la porte!

— De mon temps, les jeunes filles rentraient toutes à la tombée de la nuit.

Mariée

— Ce n'était pas pour ma beauté, dit Ragotte, ce n'était pas non plus pour ma fortune, mais à l'âge de me marier, j'en avais cinq autour de moi! Le premier m'a fait la cour trois ans. Las de m'attendre, il s'est marié avec une autre; puis, une fois veuf, il m'a redemandée. Je ne voulais pas. Quand il était trop près de moi, j'avais de l'ennui. Il me disait : " Si votre mariage avec Philippe manque, vous me donnerez sa place et je lui rembourserai tous ses frais. " J'ai mieux aimé Philippe.

— Vous ne regrettez rien ?

— Ma foi, non, dit-elle après avoir un peu hésité parce que Philippe est là.

— Quand je pense, dit tout de même Ragotte, que je pouvais choisir entre cinq garçons, et que j'ai choisi le plus laid !

— Quand je pense, dit Philippe, que je connaissais trois filles et que j'ai pris la plus vieille !

— Et ce n'était pas malin de ta part, répond Ragotte ; si j'avais été un homme, je n'aurais jamais voulu d'une femme plus âgée que moi !

— Regardez-le, dit-elle, il ne voit plus clair !

C'est qu'en effet il plisse et ferme presque les yeux à force de rire.

Elle s'est mariée en sabots ; elle avait acheté des souliers neufs, mais, par crainte de ~~les salir, elle~~ ne voulait les mettre que pour faire son entrée à l'église. Arrivée sous le porche, elle voit que sa mère, qui devait les porter à la main, ne les a pas.

— Et mes souliers, maman ?

— Ha ! ma fille, je les ai oubliés ; ils sont sous l'armoire, mon enfant !

Il fallut bien aller jusqu'au chœur avec les sabots qui tapaient le moins possible sur les dalles.

— Tout s'est passé comme il faut la première nuit ?

— Oh! oui, dit Ragotte, Philippe avait une chemise bien propre.

Elle était encore si jeune de caractère qu'elle n'a pas pu, tout de suite, s'empêcher de faire la partie avec les filles du village. Elle ne s'arrêtait que lorsqu'une de ses amies lui criait :

— Attention! Voilà ton homme!

Nouvelle mariée, elle habitait la même maison, c'est-à-dire la même pièce que son beau-père. Cela ne devenait gênant que lorsqu'elle accouchait; mais le beau-père sortait par discrétion. Et puis, Ragotte n'était pas longue. Personne ne mettait moins de temps qu'elle.

— Mon beau-père ne m'adressait pas la parole. Philippe croyait qu'il boudait par ma faute et m'en voulait. Il aimait beaucoup son père. Moi aussi, je l'aimais, le pauvre vieux, seulement, je n'étais pas bicheuse, et je ne savais pas le mignoter à sa suffisance.

Amour

Elle aime Philippe, mais comment oser dire qu'elle l'aime d'amour?

Quel nom faut-il que je donne au sentiment qui les tient liés?

Elle l'aime : cela signifie qu'elle le préfère à tous. Elle a perdu sa mère, Philippe lui restait. Elle perd son petit Joseph, Philippe reste. Ses autres enfants peuvent mourir: Philippe vivant, elle ne sera pas inconsolable.

Elle dit : « Pourvu que je l'aie ! » comme elle dirait : « Tant qu'on a du pain, on ne meurt pas de faim ! »

Elle se passerait de tout, sauf de Philippe, et, pour cette raison, elle l'appelle, sans se creuser la tête : « Mon principal ! »

Philippe l'appelle bonnement : la vieille demoiselle !

— Aujourd'hui, dit-elle, il aime mieux se faire lécher par son chien que par moi ; mais qu'il ne vienne pas ensuite mettre sa figure contre la mienne ! Je n'ai pas besoin qu'il me rende les bicheries du chien.

— A cause de son nez, je le reconnaîtrais entre cent cochons.

Philippe a le nez un peu déformé.

En ménage

— Moi aussi, madame Gloriette, j'étais ambitieuse ! J'ai voulu longtemps mettre des chaussettes à mes petits. Ils possédaient tous trois chacun leur paire. Je la lavais le soir, pour la faire sécher la nuit, et j'en coiffais les chenets. Un matin, j'ai retrouvé les chaussettes mangées par les grillons. Je me suis rendu compte, ce jour-là, que mes petits marcheraient aussi bien pieds nus.

— Quand un petit commence à pouvoir rester assis sur ses fesses, madame, ça prouve qu'il n'a pas le cul trop rond.

Philippe ne lui donne jamais un sou. Il fait sa

vie de son côté, elle fait la sienne du sien. Loin de se plaindre, elle blâme certaines femmes :

— Il y en a, dit-elle, qui gardent le porte-monnaie et qui ne remettent de l'argent à leur homme que vingt sous par vingt sous. Moi, je ne pourrais pas.

Toutefois, elle pense qu'à la rigueur la femme peut vivre sur son homme, et même le mari sur sa femme : c'est compagne et compagnon! Mais un père et une mère ne doivent pas rester à la charge de leurs enfants. Dès qu'elle ne pourra plus, aidée de son principal, ou seule, faire sa vie, elle voudra mourir.

— Dans un ménage, dit-elle, quand il pleut sur l'un il fait mou sur l'autre.

Ce qui veut dire que, si l'un gagne des sous, l'autre en profite.

Elle ne dépense pas dix francs par an à son entretien, et, dans les vieilles culottes qu'on passe à Philippe et qu'il use, elle trouve encore de bonnes pièces pour se faire des chaussons tout neufs.

Elle n'a pas adopté le pantalon des femmes : on ne marche à l'aise que si les cuisses se touchent.

Toujours propre, décente et modeste dans sa tenue, il faut qu'il fasse bien chaud pour qu'elle dénoue et relève sur le cou les brides de son bonnet blanc. C'est presque du libertinage.

Ce qui l'a flattée, un jour qu'elle s'achetait un

petit manteau pour une noce, c'est que Tapin, le marchand de nouveautés, ait dit, en lui mettant sur le dos la première jaquette venue :

— Vous êtes bien plaisante à habiller!

Comme Tapin faisait miroiter un caraco de satinette :

— Oh! non! non! dit-elle: c'est trop victorieux pour moi!

— Un homme peut rester au lit quand il est malade, une femme, pas. Une femme n'a jamais le temps de s'écouter.

— Une femme doit manger moins qu'un homme.

Jadis, on mêlait des pommes de terre à la farine du pain. Ragotte a mangé de ce pain-là, et elle fait la grimace au souvenir du morceau de pomme de terre froide qu'on sentait tout à coup sous la dent.

Elle a été longue à s'habituer au pain de monsieur, qui est le pain blanc. Elle aime toujours le pain de ménage, et parfois elle fait avec sa cousine, qui cuit encore elle-même, des échanges au goût et au profit de chacune.

Elle est allée, ce matin, au marché de la ville, et elle dit :

— Autrefois, il y avait un boucher; aujourd'hui, il y en a cinq! Le monde devient carnassier.

— Autrefois, il fallait courir jusqu'à la ville acheter deux sous de sel. On prenait ses précautions le dimanche. Aujourd'hui, pour notre argent, ils nous apportent tout à la maison.

— Manger! Est-ce drôle, que tout le monde s'enferme dans les maisons, à la même heure, pour faire la même chose!

Ils mangent, Philippe, Ragotte, le Paul, à une petite table où ne peut tenir que la grande écuelle commune.

— Vous êtes bien là, dit Gloriette, serrés coude à coude?

— Oui, madame, répond Ragotte: on se donne appétit les uns aux autres.

— En veux-tu, toi, du pain? lui demande Philippe.

— Je ne peux pas déjeuner sans ça!

— Est-ce que je sais, moi?

Habile à avaler sa soupe proprement et nettement, elle n'aime pas les tables mal torchées.

— Vous avez déjà fini votre soupe, Ragotte?

— Oh! madame, quand on l'attaque à pleine cuiller, ça va vite.

— C'est bien propre, Philippe, une toile cirée comme celle de madame. Il n'en faudrait pas grand sur notre petite table! Si, un jour, à la ville, tu en voyais un morceau?...

Mange donc! lui dit Philippe.

Elle se chauffe mal si elle ne voit pas le feu; elle

aime les beaux feux de bois dont la braise ardente fait pleurer des larmes cuites; mais elle trouve que rien ne vaut le gentil feu d'une paire de sabots qu'elle a portés, qu'elle brûle quand ils ne sont plus mettables, et qu'elle regarde flamber, toute songeuse.

Le son du cor de chasse l'émeut au point qu'elle ose dire à Philippe :
— Pourquoi n'as-tu jamais appris à flûter comme ça?

Il y avait à la cuisine un reste de gâteau.
— Avez-vous mangé ce gâteau? dit Gloriette.
— Non, madame, je n'ai fait que laver la vaisselle.

Elle dit à Gloriette qui surveille du bœuf à la mode :
— Votre fricot sent si bon que je mangerais bien mon pain sec à côté.

— Avez-vous goûté à votre pot de confitures?
— Oh! non, madame!
— Qu'est-ce que vous attendez?
— Toute seule, j'aurais honte; il me viendra peut-être de la compagnie!

Quelquefois, la bouchère, dont elle a élevé un des petits, lui fait présent d'un morceau de viande. Cette générosité cause à Ragotte plus d'embarras que de plaisir. Elle montre la viande à Gloriette :
— Voilà, madame, un brave goûter! Mais je ne sais pas le faire cuire; vous allez bien m'expliquer, dites?

C'est malheureux, de ne pas être dame! Elle mangerait de la crème au chocolat tous les jours.

— Un rien me suffit pour ma nourriture, mais, quand j'ai quelque chose de bon, je me laisse faire comme les autres.

— Toute la journée et toute la vie, dit-elle, on ne travaille que pour la gueule!

Le Rocking-chair

Philippe, qui désherbe, accroupi, les oignons du jardin, reçoit une motte de terre sur le dos. Il ne sait pas d'abord d'où ça lui tombe, mais il aperçoit Ragotte dans le rocking-chair. Elle lui sourit avec tendresse.

— Regarde comme je me balance! dit-elle.

Philippe hausse les épaules.

Il a tort.

Il faut voir Ragotte dans cette petite voiture sans roue. Elle s'amuse comme une fillette, émerveillée par cette nouvelle invention des hommes qui ne savent plus quoi imaginer.

***

— Madame, dites, pour une pièce de trois francs, on aurait bien un bon fauteuil?

Elle a pris d'abord le tub pour un ciel de lit et, elle finit par trouver que ces boules, que le monsieur appelle des haltères, pourraient servir à écraser le sel.

C'est une des dernières paysannes qui ne veulent

pas accepter certains progrès et qui s'arrêtent et se baissent n'importe où.

— Quand je suis allée à Moulins, chez une cousine, comme j'avais un petit besoin, elle m'a mise dans une chambre, oui, toute seule, dans une vraie chambre! Oh! que j'avais peur! Je serais morte si on était entré.

Il lui arrive de se croire si seule au monde qu'elle se mouche dans ses doigts.

Gloriette a mis, par jeu, sa voilette sur la figure de Ragotte. Ça lui va comme à une dame et Philippe dit en riant :

— Elle se conserverait bien derrière ce petit grillage!

Elle vient s'asseoir dans la cuisine de Gloriette pour causer et faire la dame.

Si Gloriette lui offre un reste, Ragotte apporte une assiette et dit :

— Mon assiette est peut-être trop creuse, mais vous n'êtes pas obligée de la remplir. On met bien un veau dans une grange!

Gloriette lui passe un vieux plateau de bois où c'est l'habitude de mincer le lard et de hacher le persil.

— Prenez-le, Ragotte: il ne me sert plus, et, si vous n'aviez pas été là, je le jetais au feu.

— Ne faites jamais ça, madame: je le jetterai bien moi-même.

— On souffre, madame, quand on voit les riches jeter quelque chose.

— Oh! madame, vous pensez donc toujours à moi?

Elle dit à Gloriette qui compte sa monnaie:
— Vous en avez, des jolis sous! Il n'y a que ça qui débêtit le monde!

Elle croit que nous sommes très riches, et, si quelqu'un lui disait que nous avons au moins mille francs, ça ne l'étonnerait pas.

Gloriette lui donne tant d'affaires que Ragotte finit par dire:
— Vous m'affriandez, madame, et vous m'avez rendue difficile: je ne pourrais plus maintenant redevenir une malheureuse.

Elle regarde si ses hommes, Philippe et le Paul, viennent sur la route.

Son profil semble dessiné par un petit gars de l'école primaire. Le cordon du tablier la divise en deux boules d'égale grosseur.

Lasse d'attendre, elle fait, tout haut, cette réflexion:
— Le goûter est prêt, les goûteux ne viennent pas. Si le goûter n'était pas prêt, les goûteux seraient déjà là.

Elle revient de chercher à la ferme un double de noix qu'elle apporte dans un sac, et le sac est plein de bruit.
— Oui, dit Ragotte, les noix causent dans le sac et ça distrait le mendiant.

Elle dit de sa sœur qui est avare:

— Elle ne donnerait pas l'eau où a cuit l'œuf!

Elle dit d'un riche orgueilleux, qui vient de se ruiner :

— Il était si fier qu'il ne pouvait pas marcher!

Aujourd'hui, il marche sur ses plumeaux.

Il faut savoir, pour comprendre, que Ragotte est une habile plumeuse d'oies vivantes, et que les ailes d'une oie ainsi plumée pendent, mal soutenues, et traînent par terre.

Jaunette

Les mains jointes sur le ventre, Ragotte va chercher la vache au pré. Elle y va lentement, comme si elle priait, mais, prier, ce serait déjà trop penser; elle ne pense à rien.

Elle ouvre la barrière et prend la rouette qu'elle a cachée au pied de la haie, ce matin, en amenant la vache.

Elle appelle : " Jaunette! Jaunette! "

Jaunette, qui mangeait, lève sa lourde tête, et c'est étonnant qu'elle ne dise point :

— Tiens! voilà Ragotte!

Jaunette ne bouge pas.

Qu'est-ce qu'il y a?

Ragotte casse une branche de noisetier garni de feuilles fraîches et la lui montre de loin.

— Faut-il que j'aille te chercher? Tu ne voudrais peut-être pas!

Mais Jaunette a vu et hésite à peine. Elle s'ébranle et vient toute seule. Elle arrive, le ventre rond, les cuisses écartées sur le pis. Elle apporte le pis pesant à Ragotte, qui le soulage, matin et soir, comme par amitié.

D'un coup de langue, Jaunette attrape les feuilles du noisetier, et Ragotte lui dit :

— Vieille gourmande !

C'est le seul défaut qu'elle lui connaisse, la gourmandise.

Elle le lui reproche, sans malice, comme une parente pauvre peut se permettre de le faire à une parente plus pauvre.

Jaunette s'arrête à chaque pas pour donner des coups de langue rapides à l'herbe de la route. Elle suit le fossé et passe si près du bord que Ragotte tremble. Parfois, un sabot de Jaunette glisse, mais, grâce au ballonnement de son ventre énorme, elle s'équilibre.

Il semble à Ragotte que c'est elle-même qui porte le pis fragile et plein de lait, et elle se raidit de peur d'en perdre une goutte.

Elle dit d'une vache maigre : « Le feu prendrait après ! »

Jaunette conviendrait à un malheureux qui n'aurait pas d'herbe pour la nourrir et qui la mènerait sur les chemins.

Quand elle sort du pré, elle est déjà saoule, et elle mange, le long du mur, comme si elle crevait de faim. Sa mâchoire laborieuse ne refuse rien ; elle mange même où les moutons, qui salissent l'herbe, viennent de passer.

Ragotte, campée derrière elle, est une laide et bonne petite sorcière qui aura tout à l'heure la puissance de faire jaillir, du bout de sa baguette, une source blanche.

Comme elles ne rentrent pas, Philippe, étonné, ouvre la porte, sort sur la route et les voit arrêtées. Jaunette, de ses gros yeux troubles, regarde devant elle, et Ragotte regarde à terre.

— Qu'est-ce que tu rumines donc là? dit Philippe.

— J'attends Jaunette, dit Ragotte; je ne sais pas à quoi elle pense.

Elle tire la vache (Philippe, qui sait tout faire, n'a jamais su tirer les vaches,) une tétine en chaque main, et d'un mouvement alternatif et doux : une, deux! une, deux! Tandis que, matin et soir, Ragotte sonne ainsi l'angélus, Jaunette mange encore au râtelier, et, pour payer sa nourriture, elle accorde son lait et ne donne pas de coup de pied dans le seau à traire.

— Si c'était un âne, Ragotte, vous monteriez dessus!

— Oh! non, dit-elle, il aurait vite fait de faire poulain!

Ce qui veut dire qu'elle serait bientôt par terre, entre les quatre pattes de l'âne.

***

Parfois, quelle importance! Toutes ces idées qu'elle a en tête! Le mal qu'elle se donne derrière la volaille! Ce poulet qui ne grossit pas plus qu'une pierre dans un trou! Et cette poule qu'elle traite de créature comme si elle voulait la perdre à jamais dans l'estime du monde!

Laveuse

Mais la grosse affaire, dans la vie de Ragotte, a

toujours été le lavement du linge des autres.

Ce qui lui va le mieux, c'est d'aller à la rivière et d'en revenir. Pour qu'elle ait son air le plus naturel, il faut qu'elle soit en laveuse. Sa brouette devant ou sa hotte sur le dos, sa boîte sous un bras, le tapoir et la planche à laver sous l'autre, la mettent à l'aise et lui servent de contenance.

Elle s'adapte si bien à sa brouette qu'elles iraient toutes deux à la promenade, s'il arrivait à Ragotte de se promener. Et Ragotte est tellement lasse, des fois, quand elle revient de la rivière, qu'elle a l'air d'être ramenée par la brouette.

Une laveuse qui n'est pas nourrie a droit à une chopine de vin par jour. Gloriette ne le savait pas et Ragotte ne disait rien. Comme Ragotte lave le linge depuis neuf ans, Gloriette apprend, par hasard, qu'elle lui doit presque une barrique.

— Pourquoi ne réclamiez-vous pas?

— Oh! moi, madame, je n'aime pas le vin.

— Vous savez bien, madame Gloriette, ce que c'est qu'un homme qui a bu!... Ou plutôt, non, vous ne le savez pas! Et, quand il boit, que la femme se saoule de travail si elle veut!

Elle n'a pas le temps, le jour de la lessive, de faire à goûter pour ses hommes. Philippe ne mange que de l'ail.

C'est moi, le monsieur, qui en profite, à la chasse, quand j'ai le vent.

Ses enfants

Elle reçoit, un matin, par le facteur, la photographie de sa fille, placée à Paris.

Lucienne est en toilette : elle a des boucles d'oreilles, une chaîne de montre, et sa tête bouffe toute frisée exprès.

Ragotte regarde longuement le portrait et finit par dire :

— Pauvre petite malheureuse !

Lucienne arrive ce soir, et, comme elle restera quelques jours, Ragotte lui achète du fil blanc, du fil noir et du coton à repriser les bas. Elle choisit le coton le moins gros qu'elle trouve.

— Lucienne, dit-elle, doit être habituée à de la délicatesse, là-bas. Regardez donc, madame, si ce coton est assez fin ?

— Oui, dit Gloriette ; vous avez une bonne idée, et Lucienne sera contente.

— Elle ne va peut-être pas s'en apercevoir, dit Ragotte.

Philippe revient seul de la gare. Ragotte pâlit. Elle n'ose point le questionner, et Philippe ne prend pas la peine de dire que sa fille s'est arrêtée, en haut du village, chez une cousine.

— Quand j'ai vu, dit Ragotte à Lucienne, que ton père ne te ramenait pas, ça m'a farfouillé partout.

Lucienne se moque d'elle, avale sa soupe, trop fatiguée pour s'attendrir, se couche et s'endort.

— Venez donc voir, madame, dit Ragotte à Gloriette, comme ma gamine repose bien !

RAGOTTE. — Puisque tu ne fais rien, tu devrais me repriser ma manche.

LUCIENNE. — Je reprise trop mal.

RAGOTTE. — Tu repriserais toujours mieux que moi.

LUCIENNE. — Non, je ne sais pas. Il fallait me faire apprendre le métier de couturière.

RAGOTTE. — Tu me le dis souvent!

LUCIENNE. — Si j'avais un métier, n'importe lequel, je ne serais pas en place chez les autres.

RAGOTTE. — Nous ne pouvions pas te payer un apprentissage!

LUCIENNE. — Alors, fais ta reprise toi-même!

Comme elle est toute à ses tristes pensées, sa fille se met sur son trente-et-un pour aller à la ville. Lucienne s'habille à la façon d'une demoiselle de Paris, et elle a des gants. Elle passe devant Ragotte, lui fait, comme elle a vu faire dans les gares, un petit signe de la main, et dit:

— Point de commissions?

Ragotte ne répond pas. Appuyée au tas de fagots, douloureuse et mâchonnante, elle regarde s'éloigner l'étrangère sortie d'elle.

— Ma fille n'est pas mauvaise, au fond, dit-elle, mais elle a le parlement dur.

— Et puis, que voulez-vous, c'est ma viande!

La Glace

Elle n'avait qu'une glace comme la main pour se regarder, une de ces glaces ovales, à couvercle de bois blanc, que les garçons mettent dans leur poche dès qu'ils se croient jolis.

Ragotte laissait la sienne pendue au mur.

Gloriette lui dit :

— Vous avez beau être petite: cette glace est encore trop petite.

— Oh! madame, dit Ragotte, elle me suffit. Je l'ai depuis notre mariage. Pourvu que je voie que mon bonnet n'est pas de travers, je me passe de mirer le reste. Je ne suis pas si belle!

— Il faudra tout de même que je vous en paie une neuve, dit Gloriette.

Or, ce soir, comme Ragotte vient de laver, elle trouve à la place de l'autre une grande glace carrée, à bords vernis comme ceux d'un tableau, où elle peut se voir presque tout entière.

Elle se rappelle aussitôt la promesse de Gloriette, mais, par timidité et respect, elle fait l'étonnée.

— Je me demande, dit-elle, qui diable a mis cette glace à cet endroit-là? Est-ce que, par hasard, ce serait toi, Philippe?

— Oh! non, dit Philippe qui ne sait rien et qui ne se dérange pas de son travail pour une glace.

— Je savais bien, dit Ragotte, que c'était encore la dame!

— Non, ce n'est pas la dame, dit Lucienne avec brusquerie: c'est moi!

— C'est toi! dit Ragotte stupéfaite.

— Oui, moi. Je l'ai achetée ce matin à un bazar ambulant.

— Toi! répète Ragotte.

LUCIENNE. — Et voilà comme tu me remercies!

RAGOTTE. — Pourquoi donc que tu m'as acheté une glace?

LUCIENNE. — Parce que j'avais de l'argent de trop.

RAGOTTE. — Ma pauvre fille! tu ne m'as pas habituée. J'aurais parié gros que c'était la dame ou mon vieux.

LUCIENNE. — Tu penses à papa, tu penses à la dame, tu ne penses pas à ta fille; c'est comme ça qu'on se trompe!

RAGOTTE. — Oh! je me trompais pour mon vieux, mais, pour la dame, je ne me trompais pas de beaucoup.

Ragotte n'a pu s'acheter une lampe qu'à l'âge de cinquante-cinq ans.

Elle se sert de la lampe sans l'abat-jour, qui est au grenier.

— Il me gênait, dit-elle.

Jusqu'à soixante ans, elle n'a connu que le lit de plumes, la couette. Pour la première fois de sa vie elle va coucher sur un matelas.

D'un lit où le paresseux s'attarde elle dit:

— Voilà un lit bien emblavé!

Elle s'étonne que, depuis quelques jours (pour quelques jours, seulement,) je me lève le matin à six heures, et elle dit que je ne profite plus de ce que je suis monsieur.

— Quand on est chez les autres, dit-elle, on est toujours à terme.

Elle regarde le collier de cuir rouge que la petite chienne de luxe porte au cou.

— Ah! fine garce, lui dit-elle, que tu es heureuse! On ne m'en a jamais mis un pareil,à moi!

On ne peut pas lui faire dire qu'elle eſt de la même pâte que nous. Il faut qu'il y ait des dames habillées comme Mme Gloriette et des paysannes mises comme Ragotte.

GLORIETTE. — Mais si vous deveniez riche ?
RAGOTTE. — Ça ne se peut pas.
GLORIETTE. — Si quelqu'un vous offrait une belle robe?
RAGOTTE. — Eſt-ce que je saurais la porter?
GLORIETTE. — Si on vous avait appris?
RAGOTTE. — J'ai la tête trop dure.
GLORIETTE. — Si, par un hasard de naissance, vous étiez ce que je suis, et si j'étais ce que vous êtes?
RAGOTTE. — Moi à votre place, madame, et vous à la mienne? Oh! oh!
GLORIETTE. — Enfin, je suppose.
RAGOTTE. — Ce ne serait pas juste.

Le Paul lui reproche de n'avoir pas recousu un bouton de chemise.

— Je ne suis pas maîtresse, dit Ragotte. J'ai mon ouvrage; il faut que je fasse d'abord ce qu'on me commande.

Elle dit " ce qu'on me commande " avec du respect pour qui commande, une joie grave d'être commandée, la certitude de bien obéir.

— J'écris un mot à Lucienne, Ragotte! Qu'eſt-ce qu'il faut lui dire de votre part?

— Dites-lui, madame, qu'on ne fait pas toujours comme on veut.

Malade

A peine au lit, elle crie. Le mal commence par les dents usées jusqu'aux racines et gagne les oreilles.

Elle ne peut pas rester couchée. Elle se lève et va mettre sa tête brûlante sur le feu qui s'éteint dans la cheminée.

Comme elle souffre, Philippe est presque tendre. Il supporte qu'elle l'empêche de dormir. Il regarde les poutres du plafond et dit parfois à Ragotte :

— Et ta gueule?

Ragotte répond par un grognement de douleur.

Philippe, pour la calmer, raconte l'histoire d'une de ses dents.

Un jour qu'il se plaignait d'avoir mal, le forgeron lui dit :

— Mets-toi là, près de mon enclume.

Philippe se place. Le forgeron noue à la dent malade le bout d'une ficelle et à l'enclume l'autre bout, puis il passe un fer rouge devant la figure de Philippe.

— Mon recul a fait sauter ma dent, dit Philippe, et je serais tombé à coups de poing sur le maréchal s'il ne m'avait pas tenu en respect avec son fer rouge. Je n'avais plus mal, mais, d'abord, je me suis cru aveugle et longtemps j'ai cligné de l'œil.

Cette histoire ne faisant pas d'effet, Ragotte, enragée, dit à Philippe :

— Jaguille-moi avec ton couteau!

Philippe, affectueux, glisse la pointe du couteau entre deux dents, pousse et tourne. Ça craque. Ragotte hurle comme si on lui ouvrait la cervelle, mais la dent ne cède pas.

Ragotte se décide à la faire arracher en ville par le médecin, pour quarante sous.

Au retour, sa bouche pisse le sang sur la route. Elle dit gaiement à Philippe qu'elle fait rire :

— Je l'ai vue; c'était une fameuse dent! Ça ne m'étonne pas, qu'elle tenait si bien: il y en avait plus long d'emmanché dans ma gueule que dehors.

Elle dit à Gloriette, qui est de retour :

— J'étais contente de savoir que vous reveniez de Paris; je pensais : nous allons nous raconter, avec la dame, nos maladies de l'hiver.

Elle commence :

— Moi, j'avais mal à la tête et une forte fièvre. J'ai d'abord pris de l'herbe, une espèce d'herbe amère, de la centaurée. Elle m'a bien fait. Ensuite, j'ai avalé tous les cachets du médecin. Je n'avais encore jamais pris de médecine. Ça me mettait le feu au ventre. Il fallait à chaque instant courir au puits, boire une tasse d'eau fraîche.

— D'eau glacée, Ragotte, de neige fondue? Vous étiez folle!

— Ça me calmait.

— Pour mieux vous brûler ensuite! Et, aujourd'hui, comment êtes-vous?

— La fièvre tombe, mais j'ai toujours mal à la tête. C'est le sang.

— Il faut revoir le médecin?

— Oh! pour quoi faire?

— Madame a raison, dit Philippe, bourru et prévenant. Demain je retournerai le chercher et il t'ordonnera de la nouvelle denrée.

Elle souffre des reins, et, pour ne pas briser son

lit dans la journée, elle se couche sur l'arche au pain.

L'arche est trop courte, bien que Ragotte ne soit pas longue. Il faut qu'elle se replie en chien. Tout ce qu'on peut obtenir, c'est qu'elle mette un oreiller sous sa tête et un mouchoir dessus, parce que les mouches la dévorent.

Autrefois, elle avait des verrues, mais elles les a guéries avec une pommade qu'elle écartait avant le lever et après le coucher du soleil.

Elle se rappelle exactement la date de son retour d'âge.

— J'ai *vu* pour la dernière fois, dit-elle, le jour de la première communion de mon petit Joseph.

Les deux souvenirs sont casés l'un vers l'autre dans sa tête et ne se font pas tort.

Dans la solitude, elle a de quoi occuper sa pensée. Elle sait des histoires que nous ne savons pas et qu'elle ne raconte à personne. Elle sait que, tel jour, derrière les fagots, le gendarme a tapiné la femme du corroyeur.

Souvent, elle m'agace, assise sur une marche de l'escalier. Elle cause! Elle cause, à voix basse pour ne pas me déranger, et de son bavardage un murmure monte jusqu'à ma fenêtre et trouble l'air, comme la balle d'avoine s'échappe du tarare.

Religion

GLORIETTE. — Pourquoi n'allez-vous presque plus à la messe?

RAGOTTE. — Oh! la messe...

GLORIETTE. — C'est pour nous faire plaisir? Ma pauvre Ragotte, vous nous jugez mal; vous êtes libre.

RAGOTTE. — Je le sais bien, madame.

GLORIETTE. — Vous auriez tort de vous gêner: allez vite à la messe.

RAGOTTE. — Je vous remercie, madame, je n'irai pas aujourd'hui. Il faudrait m'habiller.

GLORIETTE. — Vous avez le temps.

RAGOTTE. — L'église est trop loin.

GLORIETTE. — Peu importe que la messe soit commencée.

— Laisse-la, dis-je à Gloriette. Tu ne peux pourtant pas, une païenne comme toi, forcer Ragotte...

— Je t'assure, dit Gloriette, qu'elle se prive de la messe parce qu'elle s'imagine que ça nous est agréable.

RAGOTTE. — Non, madame, je reste de ma volonté.

GLORIETTE. — Vous n'avez donc plus de religion?

RAGOTTE. — Si, madame, et vendredi, soyez tranquille, j'observerai le jeûne.

GLORIETTE. — Ah! vous jeûnez tous les vendredis?

RAGOTTE. — Le Vendredi Saint seulement, celui de la semaine qui vient.

GLORIETTE. — Qu'est-ce que vous mangerez ce jour-là?

RAGOTTE. — De la tourte à l'huile.

GLORIETTE. — La tourte est permise?

RAGOTTE. — Oui: je n'y mettrai pas d'œuf.

GLORIETTE. — L'œuf est défendu ?

RAGOTTE. — Un jaune d'œuf, et on serait en état de péché.

GLORIETTE. — Et Philippe, jeûnera-t-il?

RAGOTTE. — Comme moi; nous ne ferons pas deux cuisines.

GLORIETTE. — Il aime la tourte?

RAGOTTE. — Oh! la tourte à l'huile! il va se bourrer.

GLORIETTE. — Et s'il demande un œuf?

RAGOTTE. — Il n'en aura pas.

— Aimez-vous les juifs, Ragotte?

— Je ne sais pas ce que c'est: je n'en ai jamais vu.

— Tenez! En voilà un.

— Ce monsieur-là?

— Oui, c'est un juif, un ami venu passer huit jours à la campagne. Que faut-il en faire?

— Si c'est un bon homme, il faut le garder, si c'est un mauvais homme, il faut le renvoyer.

Le juif part ce soir, mais c'est une coïncidence; il avait fini sa semaine.

— Croyez-vous au paradis, Ragotte?

— Ma foi, oui, monsieur.

— Espérez-vous y aller?

— Je n'ai point fait de mal.

— Pensez-vous que Philippe ira?

— Pourquoi non?

— Ecoutez, Ragotte: aimeriez-vous mieux être toute seule au paradis qu'avec Philippe en enfer?

— Oh! l'enfer, dit Ragotte, je n'y crois guère.

— Au purgatoire, si vous préférez?

— J'aimerais mieux être avec lui n'importe où.

Puis elle reprend, par pudeur :

— Ce n'est pas qu'il tienne à moi et que je tienne à lui, mais il y a trop longtemps que nous sommes l'un près de l'autre: ça ne serait plus la peine de se quitter.

— Et Mme Gloriette, est-ce qu'il vous paraît possible qu'elle aille au paradis?

— Oh! si elle n'y allait pas, personne n'irait.

— Et moi, Ragotte?

— Oui, monsieur, dit-elle se dépêchant de le dire.

— Moi aussi! Mais vous oubliez, Ragotte, que ni madame, ni monsieur, ni les enfants, ne mettent les pieds à l'église, que...

Soudain, je m'aperçois que les yeux de Ragotte s'emplissent de larmes. C'est sa manière, à elle, de me faire comprendre que je devrais bien la laisser tranquille.

GLORIETTE. — C'est l'Ascension, Ragotte: il ne faut pas manquer la messe ce jour-là; voyons, allez-y.

RAGOTTE. — Ma foi, non, madame.

GLORIETTE. — Alors, vous n'irez plus?

RAGOTTE. — Guère.

GLORIETTE. — Mais, ma pauvre Ragotte, vous vous fermez les portes du paradis!

RAGOTTE. — Oh! madame, vous m'avez dit un jour que j'irais. Je suis bien sûre d'y aller.

D'ailleurs, ce n'est pas à Dieu qu'elle croit le plus.

— Si une poule demande à couver à la Saint-Jean, laissez-la une nuit dehors avant qu'elle couve.

— Pourquoi, Ragotte?

— Parce que le maître de la maison mourrait dans l'année.

— Il faut mettre treize œufs sous une poule.

— A cause du chiffre treize?

— Oh! non, madame! Non, non, mais la poule

serait trop grosse pour douze œufs et trop petite pour quatorze.

Quand une oie couve et qu'il tonne, il faut appeler les petits dans la coquille.

— Parce que?

— Je ne sais pas: on dit qu'il faut les appeler.

En mars, on prépare des petits paquets d'avoine et on les fait bénir, puis on les distribue aux vaches pour qu'elles vêlent bien. Philippe arrange les paquets. Que Ragotte les porte à bénir si elle veut!

Avant de se coucher, on va voir avec une lanterne les bêtes à l'écurie. On y va tous les soirs, sauf la veille de Noël, parce que, la veille de Noël, les bêtes causent.

Un veau qui tette mal, Ragotte le traite de feignant, mais elle l'excuse si c'est en pleine lune, parce qu'en pleine lune un veau a de la paresse à téter.

— Ça n'y fait peut-être rien, dit-elle.

Mais peut-être que Ragotte a raison, que nous subissons tous à notre manière, l'influence de la lune, et que la page écrite en lune dure ne vaut pas la page écrite en lune tendre.

La corneille prisonnière fait trop la vie dans sa cage, il va encore arriver quelque chose!

Justement, le petit Joseph vient de mourir, à Paris.

II

La mort du petit Joseph

L'infirmière dit à Gloriette :

— Votre petit jeune homme ne va pas.

— Perdu ?

— Bien malade !

Et le médecin :

— C'est une méningite. Il peut vivre encore huit jours ou trois semaines. Trois semaines, ça m'étonnerait. Prévenez la famille.

J'écris à Philippe et lui conseille de venir à Paris.

— Triste voyage ! dit-il en arrivant.

Il va tout de suite à l'hôpital avec sa fille Lucienne et ne trouve pas Joseph si mal.

— Il vous a reconnu, Philippe ?

— Oh ! et même de loin ! Il faisait : bou ! bou ! avec ses lèvres. Je lui ai dit : " Tu veux donc m'embrasser ? " Il a répondu : " Oui. " Je me suis penché et, comme mon pied glissait, il m'a dit : "Tu vas tomber ! " Il a voulu boire. Lucienne soutenait le verre par le fond. Je disais à Joseph : « Tu en as assez ! » C'était pour rire, non pour lui refuser son lait. Il répondait : « Ma foi, je bois tout ! » Et il a tout bu ; preuve qu'il va mieux.

— Ne vous faites pas d'illusion.

— Oh ! je ne m'en fais pas beaucoup ; son mieux, c'est peut-être son pire.

— Dès qu'un grand médecin comme le sien a parlé...

— Quelquefois, les médecins se trompent, dit Philippe.

— Pas quand ils affirment qu'il n'y a rien à faire.

— Ah !

— J'admire les grands médecins, dit Gloriette émue.

La barbe de Philippe et ses rides se brouillent, et sa figure a bientôt l'air d'une souche trempée.

— Vous avez pu, Philippe, vous assurer par vous-même que Joseph est bien soigné à cet hôpital ?

— Oui, mais il y a de l'eau qui lui coule du front et le mouille jusqu'à l'estomac.

— C'est l'eau de la glace qu'on lui met sur la tête pour endormir le mal. Vous ne trouveriez pas de glace à la campagne.

— Non ; il serait mieux tout de même si quelqu'un restait près de lui.

— L'infirmière ne bouge pas, Philippe ! Elle va d'un malade à l'autre. Elle ne quitte la salle que pour déjeuner, et elle n'a que ce moment de repos. C'est dur, le métier des infirmières ; elles travaillent de sept heures du matin à sept heures du soir.

— Joseph n'aurait pas d'infirmière chez nous, répond Philippe, mais, moi, la Ragotte ou le Paul, on ne le laisseait pas seul, on serait toujours là pour le recouvrir s'il se découvrait, et pour lui donner quelque chose quand il demanderait à boire, ou n'importe.

— Ce n'est pas de soif que Joseph mourra, Philippe. Que dites-vous de l'hôpital? Vous n'en aviez pas encore vu?

— Non.

— Il vous a semblé bien tenu, hein? propre, tout luisant?

— C'est assez convenable.

— Depuis combien d'années Joseph est-il à notre service?

— Ce serait la septième.

— Sept ans, déjà! Espérons qu'il n'aura pas été bien malheureux chez nous.

— Il ne se plaignait pas trop, dit Philippe.

L'infirmière est jolie, blonde, douce et grave; elle donne avec le même sérieux le verre de lait et la bouteille à pipi. Malgré son métier, elle reste si bien femme que Gloriette, à sa vue, ne manque pas de dire :

— Comme je la comprends! Moi aussi, j'aimerais être garde-malade.

Le petit Joseph n'a presque pas de fièvre et il divague. Il divague poliment, d'un air raisonnable. Il a reconnu son père et ne se rappelle plus sa visite. Il semble qu'on lui ait asséné un coup de marteau sur le crâne, non pour le tuer, mais pour l'étourdir. Il grimace et ne souffre pas. Ses mains sont glacées, l'une blanche, l'autre violette. Elles se cherchent, mais, si la blanche fait, à elle seule, plus de la moitié du chemin, la violette bouge à peine.

— Vous m'emmenez? me dit-il.

— Oui, bientôt.

— Oh! je peux marcher. Allons! dépêchons-nous!

Il s'efforce de remuer ses jambes inertes.

— On m'a monté ici sur un brancard, dit-il, mais, pour redescendre, je les aiderai et je tiendrai le bout du brancard.

Il voit au mur des ronds de soleil et s'écrie :

— Oh! des brioches!

— Hier, dit-il, un vieux était très malade. Il a demandé le bon Dieu. Il est là, dans l'armoire, le bon Dieu.

L'interne l'a questionné.

— Buvez-vous quelquefois?

— Non.

— Jamais?

— Non, non.

— Qu'est-ce que vous faites?

— Moi?

— Oui, vous dans la vie?

— Je suis domestique.

— Servez-vous aux repas?

— Oui.

— En débarrassant la table, vous prenez la goutte?

— Il n'y a pas de goutte chez nous! répond le petit Joseph avec force.

Les autres malades nous observent et se disent sans doute :

— C'est lui, ce n'est pas moi, qui va mourir.

— Bonsoir, petit!

— Vous partez?

— Oui, nous reviendrons.

— Et moi, je reste?

Va-t-il pleurer? Quand je me retourne, ses yeux s'amusent déjà aux brioches qui s'arrondissent sur le plâtre blanc.

— Là-bas, on les habille, me dit Philippe; est-ce qu'on va l'habiller?

— Je ne crois pas. Nous lui donnerons un drap, avec un oreiller, et il sera mieux dans un drap propre que dans ses effets qui ne l'étaient plus.

— Là-bas, on les habille, répète Philippe.

— Ici, non. Chaque pays a ses habitudes. Paris a les siennes. Il faut les respecter.

— Oui, mais je ne veux pas qu'on jaguille Joseph.

— Comment?

— Je ne veux pas qu'on le jaguille! Vous, qui connaissez les médecins, défendez-leur de le jaguiller. Je sais qu'à l'hôpital ils jaguillent les morts si on ne dit rien. Ils ont jaguillé la fille de Rolin. Moi, je ne veux pas. Défendez!

Il parle ainsi, têtu et sombre, parce qu'il se souvient d'en avoir presque jaguillé un lui-même à la ferme des Corneille. Un domestique était mort subitement. La Compagnie d'Assurances exigea l'autopsie, et le médecin fit l'opération avec l'aide de Philippe, renommé pour son adresse à égorger les porcs. Philippe, quoique habitué au sang ne trouva pas que c'était de l'ouvrage bien agréable.

— Défendez, monsieur, défendez!

— Je ferai votre commission.

— Je n'ai plus rien à faire ici, je m'en vas, dit-il à Lucienne.

Il s'assure qu'il a dans sa poche le livret de caisse d'épargne et le porte-monnaie du petit.

— Vous savez que vos autres enfants ont droit à la moitié de cette somme?

Philippe ne répond pas. Il boutonne étroitement sa veste et son pardessus, se coiffe d'aplomb et dit à sa fille, d'un ton autoritaire :

— Je pars, je l'ai vu, ça suffit; mais, toi, tu restes. Tu iras à l'hôpital tous les jours, et tous les jours tu écriras pour donner de ses nouvelles. N'y manque pas; tu m'écoutes?

J'avais dit à Philippe :

— Vous êtes un homme, vous! un homme s'en tire, mais Ragotte n'est qu'une pauvre vieille maman; soutenez-la!

Philippe nous télégraphie de là-bas :

"Ragotte pas malade, mais ennuyée."

Après Philippe, c'est le Paul qui vient voir son frère Joseph une dernière fois. Il a voulu partir à toute force. Il arrive à la gare de Lyon, au milieu de la nuit, et il attend que l'heure soit convenable pour sonner à la porte du concierge.

Il se présente avec une petite cravate-plastron de couleur printanière, où brille une épingle dorée, et dès les premières paroles, il pleure, comme une grosse pomme cuite fendue.

Le Paul ne veut pas s'y connaître moins qu'un autre.

— Oh! pour moi, il est perdu! dit-il.

Joseph aura été deux fois à l'hôpital. La première fois, Ragotte criait :

— Il n'en sortira plus!

Nous l'avons réprimandée ferme. Joseph est sorti.

— Je regrette mes paroles de défiance, a dit Ragotte. Oh! je n'aurai plus peur de l'hôpital, et si mon petit y retourne, je me tiendrai tranquille.

Le petit Joseph y est retourné, et, cette fois, il y reste.

Lucienne et le Paul ont du chagrin mais surtout de la mauvaise humeur. " Ça m'agace! " dit Lucienne. Ils gémissent en bougonnant.

— Ce n'était pourtant guère difficile à voir que la fin approchait!

— A quoi ça sert d'envoyer une dépêche? Il est mort, il est mort!

Le Paul dit à Lucienne :

— Naturellement, je reste à Paris jusqu'à demain. Il faut bien que j'achète une couronne!

Et Lucienne dit :

— Inutile de faire tant de frais! C'est déjà gentil de l'emmener. Et tu sais qu'on ne les habille pas, ici; tâche de garder ça pour toi et de ne pas raconter chez nous qu'on l'a mis dans le cercueil sans l'habiller.

— Je ne suis pas si bête que tu crois, répond le Paul.

— Non, dit Lucienne, mais tu n'as guère souvent la main à la poche quand il s'agit de payer! Si tu me remboursais? Tu t'imagines que ça ne coûte rien, le Métro?

Ils disent : “ Je l’ai vu : il eſt tel qu’hier ; la mort ne l’a pas changé ! ”

C’était bien la peine !

— Pour l’emmener, disent-ils, on paiera avec ses économies. C’eſt son argent. Il faut que l’argent qu’il a gagné lui profite.

— Cet argent, dis-je, profitera surtout au patron de ce monsieur noir qui vient de nous faire ses offres.

— Vous avez raison, mais, si Joseph pouvait parler, il dirait comme nous.

C’eſt Philippe qui reçoit la dépêche au village. Il la lit et pleure d’abord, seul, tout son saoul. Il garde la dépêche dans sa poche plus d’une heure.

Ragotte eſt au coin du feu avec une voisine, la Chalude. Philippe, sans donner la dépêche à Ragotte, puisqu’elle ne sait pas lire, sans même la lui montrer, l’embrasse, ce qu’il ne faisait plus depuis des années.

Ragotte comprend et pleure dans son tablier.

La Chalude, ayant deviné, pleure aussi.

Il y avait beaucoup de monde à l’enterrement. Ragotte a dit :

— Nous avons beau être pauvres : nous ne sommes pas mal regardés !

Elle aura bien du plaisir à se rappeler toutes les personnes qui se sont dérangées.

Mais Philippe n’y était pas. Au dernier moment, il a refusé de mettre une chemise. Il a dit, d’une voix sourde :

“ Non, je n’irai pas ” Et il est allé se coucher sur la paille, près de Jaunette.

Le monde marchait, silencieux, sauf la Chalude, courbée contre le vent qui balayait la route. La Chalude, qui ne parle pas vite, mais qui finit tout de même par dire ce qu’elle veut, déclarait à Lucienne :

— Il y a juste treize ans que, à la même époque, au mois de mars, votre frère aîné est mort. J’ai bonne mémoire, je ne me trompe pas. Et, quand votre frère aîné est mort, il y avait juste treize ans que votre grand-père était déjà mort. Vous verrez que, dans treize ans, il y aura encore quelque chose pour vous.

A l’église, M. le curé en donna pour ses vingt-cinq francs, mais il n’était pas rasé, ce que tous remarquèrent.

On a vraiment bien pleuré le petit Joseph. Je ne l’ai jamais vu pleurer lui-même, et c’est la première fois qu’il faisait pleurer les autres.

Quelques jours encore, il continue de vivre pour ceux qui ne savent pas.

— Et votre petit jeune homme, on ne le voit plus; qu’est-ce qu’il devient?

— Mort.

— Oh! pardon! Si j’avais su, je ne vous aurais pas demandé de ses nouvelles.

Il venait de faire une folie.

Souvent invité aux noces de son village, où il

ne pouvait que regarder les danseurs, il prenait, cet hiver, sans le dire à personne, des leçons de danse. Il avait acheté d'un coup pour cinquante francs de cachets.

Il en laisse trois ou quatre.

Le Chagrin de Ragotte

Quand le petit Joseph venait la voir, il était câlin avec elle. Il ne lui flanquait jamais rien dans les jambes. Il ne partait pas sans lui glisser, au moment de l'adieu, sur ses gages à lui, une pièce d'argent pour sa cachette, et, comme Ragotte voulait la rendre, il lui tenait la main fermée jusqu'à l'arrivée du train.

Le petit Joseph lui revient trop fort à la pensée; elle dit à Gloriette :

— Oh! si vous saviez, madame, comme on se sent puni!

— Puni de quoi, Ragotte?

— Oh! madame! Oh! madame!

Elle ne saurait pas le dire au juste... Peut-être d'avoir oublié que le malheur nous guette à chaque instant et qu'il faut toujours vivre en inquiétude.

Elle dit, à propos des leçons que la vie nous donne :

— Il faut être pris pour être appris.

Et, à propos du petit Joseph :

— Tant qu'on ne passe pas par là, on ne passe pas serré.

Tous les matins, elle pleure en tapotant le lit avec la petite fourche usée et jaunie.

— Il aurait été si content de me voir un matelas!

Elle a gardé son réveille-matin, dont elle aime entendre le tic-tac, mais, s'il s'arrête, elle n'ose pas le remonter et elle appelle Philippe pour qu'il le remette en vie.

Son ouvrage fini, elle pense à Joseph et, ça lui fait mal. Elle y pense trop, et ça l'endort. Elle baisse la tête plus bas, un peu plus bas, jusqu'à ce qu'elle la relève avec brusquerie, comme si elle venait de heurter du front la pierre du petit.

L'après-midi, elle s'assied au pied de la croix qui est à l'ombre, devant la porte.

Elle y raccommode, elle y rêve et elle y dort.

Comme le bas de la croix était vermoulu, on l'a scié, et la croix, replantée, se trouve à la taille de Ragotte. Debout, elle pourrait coller son oreille à la niche vide entre les deux bras et dire :

— J'ai cru qu'on me parlait!

Mais, assise, elle semble porter la croix sur son dos et se reposer là, n'en pouvant plus de fatigue et de misère.

Depuis longtemps, elle ne croyait plus à l'enfer, et, depuis la mort du petit Joseph, elle cesse même de croire au paradis.

A quoi bon?

Elle sait que Joseph est là-bas, au cimetière. Elle profite du dimanche pour aller le voir. Elle ne prie pas. Elle aime mieux pleurer. Elle lui parle à voix haute et elle lui dit, pour qu'il entende :

— Oh! pauvre petit Joseph, tu étais si bon pour moi!

Elle viendra prochainement à côté de lui, mais elle n'espère pas le retrouver plus tard au ciel.

Y a-t-il seulement un ciel?

Est-ce que Mme Gloriette, si savante, croit au ciel?

Puisque madame n'y croit pas, comment Ragotte y croirait-elle?

Il n'y a point de ciel; il y a, dans le cimetière, le corps du petit Joseph, et il y a, dans l'armoire de Ragotte, le linge qu'il a laissé, et qu'elle déplie et replie, (oh! que c'est dur!) en criant de chagrin.

Elle résume ainsi sa vie, hochant la tête:

— J'ai enduré bien du mal!

Elle dit encore qu'elle a versé des larmes pour faire marcher un moulin.

Elle n'oserait point aller voir sa fille à Paris.

— Votre voyage, dit Gloriette, lui ferait plaisir.

— Je ne pourrais pas rester où la chose s'est passée.

— Mais votre fille n'habite pas ce quartier-là, et vous ne sauriez à quel endroit votre petit Joseph a pu mourir. Paris est grand!

— C'est égal, dit Ragotte: ce serait toujours le même pays.

Elle n'a plus de goût à la cuisine.

Elle fait un œuf au vin, donne l'œuf à Philippe et ne garde que le reste du vin. Elle y sauce son pain et tâche que ça dure longtemps, pour que Philippe voie bien qu'elle mange et qu'il ne la gronde pas.

— La mort de Joseph l'a bien changée, dit Philippe à Gloriette, mais, où elle a été le plus abattue, c'est quand vos petits poulets n'ont pas réussi.

Elle n'irait plus à la ville pour son plaisir: elle n'irait que pour un enterrement.

Elle a de moins en moins d'agrément à aller à la rivière et à porter sur son bras les lourds draps mouillés.

— Est-ce qu'on fera la lessive demain, madame Gloriette?

— Comme tous les lundis, Ragotte, depuis neuf ans.

— Faut-il acheter du savon?

— Naturellement.

— Et des cristaux ?

— S'il n'y en a plus.

— J'apporterai les cristaux avec le savon?

— Mais, oui, Ragotte, par la même occasion. Qu'est-ce que vous avez?

Elle se lève, ce matin, pour aller faire le lit du Paul qui n'est pas marié et qui couche dans une petite maison bâtie par lui.

Comme elle ne revient pas, Philippe va voir.

Elle était chez la Chalude, assise et causant :

Philippe la laisse bavarder et dit, le visage dur :

— Sacrées femmes!

Un autre jour, à midi, à une heure, elle n'est pas là.

Philippe mange ce qu'il trouve et va de porte en porte demander si quelqu'un a vu Ragotte.

Personne! Philippe n'ose pas interroger trop de monde; l'inquiétude le gagne. Il retourne à la maison et s'assied près de l'arche, la tête dans les mains.

Le soir, Ragotte rentre comme si elle venait de sortir.

Philippe la regarde et, d'abord, il ne peut pas parler.

— Qu'est-ce que tu as? dit Ragotte.

PHILIPPE. — Où étais-tu?

RAGOTTE. — Je faisais la vaisselle chez Mme Lerrin: c'est aujourd'hui la Pentecôte. Elle régale du monde, comme tous les ans, tu le sais bien.

PHILIPPE. — Une autre fois tu ne feras pas mal de prévenir.

RAGOTTE. — Pourquoi?

PHILIPPE. — Parce que.

RAGOTTE. — Tu me cherchais donc?

PHILIPPE. — Moi? Je n'ai pas bougé.

RAGOTTE. — On dirait que tes yeux sont rouges.

PHILIPPE. — Je dormais sur l'arche.

RAGOTTE. — Tiens, tiens, voyez-vous ce que c'est! Ça me fait plaisir de t'avoir désolé un petit peu.

Et, pour la première fois depuis la mort du petit Joseph, Ragotte sourit.

— Tu ne pourrais plus vivre, mon pauvre vieux, sans ta vieille demoiselle.

Philippe hausse les épaules.

Ragotte retombe dans l'ennui.

Elle passe toute une soirée à chercher son dé et ses lunettes.

Elle va dehors; au milieu de la cour, elle oublie ce

qu'elle veut, s'arrête, rentre chez elle et s'assied jusqu'à ce que ça lui revienne.

Elle n'y est plus. Il fait nuit quand nous revenons de promenade, et elle nous dit, les mains sur le ventre :

— Faut-il une lampe?

Et si on lui dit : " Ragotte, allumez le feu ! " elle répond d'une voix funèbre : " Il est donc mort? "

Elle a remué toute la nuit comme quatre pois dans un pot.

Elle voudrait si sincèrement être morte qu'elle n'a presque plus peur de l'orage.

Elle perd la mémoire. Les mots ne sortent que syllabe par syllabe, déformés, comme d'une bouche d'enfant.

Elle ne dit pas rapetisser, mais rapetitzir un corsage.

Elle n'est plus bonne qu'à s'endormir près du feu et à le laisser s'éteindre.

La cendre l'attire.

Va-t-elle bientôt mourir? Nous attendons.

— On meurt, dit-elle depuis que le Paul est soldat, quand on reçoit sa feuille de route. Dès qu'on arrive, il n'y a plus moyen de reculer : il faut qu'on parte !

La feuille de route n'est pas encore venue.

Ragotte se remet à vivre pour le mariage de Lucienne.

III

Lucienne

Il faut que Ragotte s'achète un bonnet de dame qu'elle ne mettra que le jour de la noce. Son Paul se mariera-t-il à temps pour que le bonnet puisse servir encore?

Le gendre, Marius, vient demain pour la première fois. Va-t-il coucher?

— Conseillez-moi, madame, dit-elle à Gloriette. Je ferai tout ce que vous voudrez. Quand je ne saurai plus, je vous demanderai. Vous me servirez de mère.

Ragotte trouve enfin ce qu'elle fera à Marius pour son dîner : après la soupe, elle cassera des œufs.

Elle lui prépare aussi un bonnet de coton.

— On n'est pas à la ville, dit-elle, avec son petit orgueil modeste; moi non plus, je ne serais pas embarrassée de bien faire si j'avais tout ce qu'il faut.

RAGOTTE. — Oh! les parents de ton futur ne vont pas venir: c'est trop loin.

LUCIENNE. — Tu crois ça, toi! Parce que tu n'oses pas monter en chemin de fer, tu t'imagines que les autres ont peur de se déranger. Tâche plutôt de retourner ton bas de laine. Dans le pays de Marius ils font la noce trois jours!

Et Lucienne ne cesse de jeter des choses dans les jambes de Ragotte.

— Tu n'es pas capable de cirer mes souliers, jamais tu ne me réveilleras à l'heure!

— Lucienne a tort, dit Gloriette à Philippe, de parler durement à sa mère.

— Ma foi! madame, répond Philippe, je ne dis rien parce qu'elle ne me dit rien! Si elle me parlait comme ça, à moi, j'aurais vite fait de la rembarrer!

— Je lui passe tout, dit Ragotte, parce qu'elle va s'en aller, comme l'autre.

— Quel autre?... Ah!

— Jamais mon petit Joseph ne me faisait d'affront; il était trop bien montré par ses maîtres. Un jour qu'il avait faim d'un œuf cuit dans la cendre, je lui sers l'œuf sur notre petite table. Il le mange et met les coquilles comme il faut, à côté de lui, et il veut ramasser les mies de pain par terre. Je lui dis: " Laisse donc! ne te salis pas les mains. Ton frère et ta sœur ne prennent point les mêmes précautions, et ce n'est pas près que tu sois aussi malpropre qu'eux! "

Mais Ragotte se précipite: Voilà une corbeille d'œufs et la farine pour les brioches!

— Ce qu'ils nous font trotter, dit-elle, ces deux saloperies!

C'est ainsi qu'elle appelle les fiancés.

La famille de Marius Carol arrive du Midi, le père, la mère et un frère soldat, lequel rapporte des manœuvres une colique qui n'est pas dans une musette.

Ils ont voyagé toute la nuit, et personne ne les attendait à la gare.

Philippe comptait sur Lucienne, qui comptait sur le Paul, qui n'y pensait plus.

Les Carol sont chargés de paquets. On ne s'élance pas pour les débarrasser. Ragotte est assise dans un coin de la cour et plume des poulets. Philippe cloue des draps et du feuillage aux murs de la grange où se fera la noce.

— Philippe, dis-je, c'est peut-être le moment de saluer votre nouvelle famille.

— Oui, monsieur.

— Dérangez-vous! Allez donc!

Il faut que je le pousse et que je lui prenne son marteau des mains. Ragotte se décide à se lever.

Le Centre et le Midi s'abordent et mêlent leurs accents.

M. Carol corrige un peu le sien, mais Philippe garde son patois de tous les jours.

M. Carol est habillé à la mode de son pays. Le gilet laisse voir une ceinture de flanelle bleue. Sous un large feutre il a le port sans modestie de là-bas. Il appartient aux ponts et chaussées. Mme Carol peut passer pour une Arlésienne, à cause de son bonnet. Par comparaison, les Philippe semblent ternes. La vieille culotte de Philippe reste ouverte. Ragotte se tient comme une pauvre servante effarée.

— Ah! moi, dit Philippe, je retourne à mon travail.

Les Carol demeurent plantés au milieu de la cour.

Venant du Midi, ils ont apporté un panier de raisin. Ragotte l'expose tout de suite au soleil, sur un banc. Les guêpes ne tardent pas à bourdonner Ragotte, les mains croisées, médite et se demande si elle ne devrait pas écarter un journal dessus.

— Vous avez toute la peine, monsieur Philippe. Vous plaît-il qu'on vous aide?

La surprise empêche Philippe de répondre. Ce monsieur saurait-il planter un clou?

Le soldat a une idée : deux guirlandes, parties des quatre coins, se croiseraient sous les voûtes de la grange. Mais c'est une idée que nous avons déjà eue, Philippe et moi. Aucun succès. Silence.

M. Carol insiste et offre encore un coup de main.

— Pas besoin, dit Philippe.

— Allez plutôt faire un tour, dis-je, voir le jardin.

Ils répondent : “ Ce sera très joli, cette grange! ” et ils s'éloignent.

— Nous sommes un peu dépaysés, avoue M. Carol. Quand on ne connaît pas l'endroit!

Mme Carol ne sait où se tenir. Elle répète, parmi les casseroles et les volailles de Ragotte :

— Je vous gêne, je vous gêne!

— Oh! je ne fais pas attention à vous, dit Ragotte.

— Ma bru a l'air doux, dit M. Carol à Gloriette. Ce n'est pas le moment de soutenir le contraire.

— Elle fera de Marius ce qu'elle voudra, ajoute

M. Carol. Ce n'est pas un homme qu'elle épouse, mais " un moutonne ".

Ragotte ne leur a rien préparé. Elle pensait qu'ils ne devaient manger que le jour de la noce.

— Ils ne se connaissent seulement pas, dans leur famille, dit Philippe. Les enfants disent *vous* au père et à la mère.

Marius pouvait choisir là-bas entre dix demoiselles qui avaient toutes une position, et l'une d'elles possédait plus de vingt mille francs! Mais Marius a préféré Lucienne pauvre.

M. et Mme Carol n'ont pas fait d'objection.

— Epouse-la, petit!

— Lucienne est une fille raisonnable et ordonnée, dit Gloriette.

— Et honnête dis-je.

— N'est-ce pas? dit Mme Carol, inquiète.

— Oui, madame.

— Écoute, dit Mme Carol à M. Carol, monsieur affirme que Lucienne est honnête.

— Ah!

— Très honnête, à fond, dans tous les sens.

— Combien a-t-elle fait de places?

— Cinq ou six.

— Et vous croyez que...?

— J'en suis sûr, dis-je comme si je le savais.

— Où est leur maison? me demandent M. et Mme Carol.

— La maison des Philippe? C'est la nôtre. Vous voyez qu'ils vivent chez nous: ils y sont installés.

— Ils ont une maison à eux?

— Non.

— Une maison natale, de famille; on a une maison.

— Ils en avaient une: elle est vendue.

— Tiens!

— Elle était toute petite et vieille; elle tombait. Ils l'ont vendue plus cher qu'elle ne valait, à un voisin riche. Une belle occasion!

— Où habiteront-ils plus tard, une fois vieux?

— Encore chez nous.

— Et si vous leur manquez?

— Ce n'est pas probable.

— C'est possible.

— A notre mort?

— Pardon!... S'ils vous quittaient de force, d'eux-mêmes?

— Dame! ils chercheraient ailleurs. On trouve toujours de quoi se loger.

— Pas de maison à eux! répète M. Carol.

— C'est drôle! dit Mme Carol.

Ils se regardent, un peu humiliés et dédaigneux; car ils possèdent, là-bas, maison à eux, cheval et voiture, avec une vigne, et ils vendent même du vin aux amis.

Leur grand ai[illegible] trouble point Philippe.

— Supposons, [illegible] explique-t-il, que je sois allé chez eux! Moi a[illegible] je me serais nippé pour l'occasion, et j'aurais [illegible], comme ces gens-là, que nous sommes prop[illegible]res. Mais je ne crois pas ce qu'ils racontent, et [illegible] suis à peu près sûr qu'ils n'ont rien.

... Et il refuse de savoir le nom de leur pays.

PHILIPPE. — Nous viendrons vous voir samedi.

LE CURÉ. — Quelle cérémonie désirez-vous?

PHILIPPE. — Ce n'est pas la peine de dépenser tant d'argent!

LE CURÉ. — Je ne dis jamais de messe le samedi. Je ne peux que vous donner une bénédiction.

PHILIPPE. — Oh! ça suffit bien?

LE CURÉ. — Ça suffit. Il y a une bénédiction de trente francs et une autre de neuf francs et quelques centimes.

PHILIPPE. — J'aime mieux celle de neuf francs.

LE CURÉ. — Et quelques centimes. Elle sera aussi bonne.

— Ce qui m'embête le plus, dit Philippe, c'est de prendre Lucienne par l'aile pour la mener à la mairie. Mais je la lâcherai sur la route jusqu'à l'église. Deux kilomètres, ah! non! Elle marchera bien toute seule.

Le jour du mariage, dès cinq heures du matin il passe sa chemise propre et travaille aux préparatifs.

C'est dans l'écurie de Jaunette que Ragotte se débarbouille et met son bonnet noir neuf.

Le parrain de la mariée porte au côté gauche un énorme bouquet blanc, avec de larges rubans qui volent.

Le Midi n'en revient pas. Il n'a jamais rien vu de plus ridicule.

— On me paierait cinquante francs, me dit

M. Carol, que je ne voudrais pas être à la place de cet homme!

— Il serait bien fier! me dit Philippe.

Alexandrine, l'aînée des sœurs de Ragotte, n'est pas venue; on espérait encore la trouver au banc familial de l'église. Point. Il paraît qu'il fallait, selon la mode, lui faire deux visites, la première, pour annoncer le mariage, la deuxième, pour fixer la date.

— C'est vrai, que je lui ai manqué, dit Ragotte, soumise. Mais elle croit que je suis libre de mon corps. Elle cherche toujours des manières, et on ne peut pas la décrotter.

Le violoneux les attend à la sortie de la messe et, tout de suite, il se met à jouer le même air sur ces paroles différentes :

“ Le marié dit :

— Je la tiens! je la tiens! je la tiens!

“ La mariée dit :

—Il est pris, il est pris, l'hébété! ”

Sans compter les douzaines de brioches, il y a deux sortes de galettes : la galette aux bretelles, qui se compose de semoule et de bandes de croûte croisées par-dessus, comme des bretelles, et la galette aux herbes, dite au mal de jambe.

Par dépit, les Carol s'amusent entre eux, et un mot de là-bas, qu'ils prononcent avec l'accent, les fait éclater de rire.

Le musicien n'a qu'un œil et qu'une dent: ce n'est pas compliqué.

Il passe pour avoir gagné plus de cent mille francs avec son violon.

Il ne change d'air que s'il change de place.

Quand il ne joue pas, il mange. Il parle peu et méprise les danseurs, sauf moi, qui ai dû danser beaucoup dans ma jeunesse.

— Vous devez être musicien, dit-il.

— Non.

— Oh! ça se voit.

— Vous trouvez? Peut-être.

Mais non! Mais non! Toujours mentir!

Le Branle

Deux jeunes hommes, fariniers au moulin, qui ne sont pas de la noce, dansent une espèce de bourrée, moins tapageuse que la vraie et qu'on appelle le *branle*.

C'est grave et lent. Ce doit être ancien comme la plus vieille maison du village. Ils dansent avec des sabots. On écoute le son fin du bois sur le carrelage, et les sabots caressent du nez la brique rouge. Les deux hommes dansent presque sur place et ne sourient pas. C'est plutôt une occupation qu'un plaisir; par moments on dirait des prêtres. Gloriette s'approche du plus jeune et lui dit de ne pas fumer, à cause des robes des jeunes filles. Il jette sa cigarette et continue, les mains derrière le dos. Son vis-à-vis, plus lourd, plisse le front, comme si vraiment il travaillait de la tête. Ils se sentent, sous les regards, une fierté pudique. Bientôt ils disparaissent et ne tardent pas à revenir. Ils ont cru convenable de s'acheter chacun une paire d'espadrilles.

Ce n'est plus ça du tout.

Le lendemain de la noce, on attend les mariés pour s'asseoir à table.

— C'est Lucienne qui nous a mis en retard, dit Marius.

— Naturellement, dit-elle: toujours de ma faute!

En signe de victoire Marius porte le chapeau sur l'oreille.

— Préférez-vous, Lucienne, hier à aujourd'hui, ou aujourd'hui à hier?

— Ça m'est égal: je me trouvais bien hier, je me trouve bien aujourd'hui.

Marius dévore, le nez dans son assiette, et ne dit mot.

Qu'est-ce qu'il se demande?

Mélanie, une des sœurs de Ragotte, étant de noce le premier jour sa petite fille garde la vache et n'en est que le lendemain.

Elle arrive toute joyeuse dans sa toilette fraîche.

— A mon tour! s'écrie-t-elle, à mon tour!

Mais la noce est finie, et, si la petite, dont les yeux brillent, se bourre de bons restes, il faut qu'elle s'amuse toute seule à une table de grandes personnes déjà éteintes.

Le garçon d'honneur fait, pour la cuisinière, une quête dans une assiette, puis il laisse tomber l'assiette et la casse. Le nombre de morceaux indique le nombre d'années que la demoiselle d'honneur doit attendre pour se marier.

Comme Lucienne a vingt-quatre ans et qu'on lui

demande tout bas l'âge de cette demoiselle d'honneur, elle répond, le plus haut qu'elle peut :

— Trente ans !

Ragotte aussi danse, oh ! pas le jour, non, le lendemain de la noce.

Elle a été, autrefois, une bonne danseuse. Elle dansait toute seule, sur la route, jusqu'à en perdre ses chaussons, et, de retour à la maison, elle était battue ! messieurs, qu'elle était battue !

C'est Michel qui la tire par le bras et la décide.

Aussitôt, on fait cercle pour voir Ragotte danser une bourrée au mariage de sa fille ; on regarde, silencieux comme à l'instant le plus grave d'une cérémonie. Ragotte relève un peu sa jupe du bout des doigts. Les jambes ne fléchissent guère, les pieds quittent à peine le sol ; le corps ne se balance pas : seule, la tête s'incline à droite et à gauche.

Ragotte, très pâle, sourit d'abord. Tout à coup, elle s'arrête, laisse Michel en plan et s'éloigne, courbée, comme si sa tête se cachait. Nous devinons ce qu'elle a. Elle vient de se rappeler subitement la mort du petit Joseph. Elle pleure de chagrin et de repentir et nous tourne longtemps le dos.

Les Carol finissent par se trouver mal à l'aise. Ils partent ce soir, avant la dislocation de la noce. La Chalude leur dit :

— Quoi ! vous partez si tôt ?

— Eh ! oui, on ne nous regarde pas !

Le Midi s'en va un peu vite, ce qui ne l'empêche pas d'être ému.

M. Carol s'avance vers Gloriette, la main tendue.

— Mais nous vous accompagnons jusqu'à la gare.

— Ça ne fait rien, madame, je veux vous dire quelques mots à cette place. Je tiens à vous remercier de votre accueil, de vos....

Il ne trouve plus, il pleure, il ne se reprend que pour nous faire promettre d'aller les voir.

— Une dépêche, dit-il, et nous serons à la gare avec le cheval. Et, soyez tranquille, il connaît le chemin.

Nous avons beau promettre: il nous invite encore. J'affirme que nous irons, et, tout de suite inquiet, il rectifie :

— Oh! ce n'est pas aussi bien là-bas qu'ici, mais nous vous recevrons de notre mieux. Et vous, monsieur Philippe, je vous invite également; il faudra venir.

— Je ne dis pas non.

Le train va partir. On voit, collée à la vitre, la joue de Mme Carol qui pleure comme si la pluie tombait dans le wagon. Ils agitent des mouchoirs : Adieu! adieu!

— Ma foi, ce n'est pas trop tôt, répond Philippe.

Il est mécontent.

Il juge que le beau-père n'a pas été convenable. M. Carol avait promis, par lettre, de payer la moitié des frais. Le jour du mariage, il fait dire par Lucienne qu'il paiera sa part, celle de sa femme et celle du soldat. L'heure venue de régler, il demande une note. Comme elle n'est pas prête, il offre cinquante francs.

— Ça ne faisait pas mon compte, me dit Philippe.

— Mais vous les avez pris.

— Oui.

— En disant : “ C’eſt trop ! ”

— Je voulais même lui rendre sur son billet de cinquante francs.

— Pourquoi ? puisque vous dites qu’il vous devait davantage.

— Précisément ! Je lui disais : “ C’eſt trop ! ” parce que je voulais lui montrer que ce n’était pas assez.

— Ça me paraît bien délicat, Philippe.

— Enfin, voilà ce que je voulais.

RAGOTTE. — Je suis bien contente, ma Lucienne, que tu sois établie ! Quand l’ennui me prendra, j’irai vers toi, à Paris.

LUCIENNE. — Ne te mets pas cette idée-là dans dans la tête ? Reſte où tu es. A Paris tu ne serais pas capable de gagner ta vie ! C’eſt tout ce que tu me donnes ?

RAGOTTE. — Je t’ai déjà donné six cuillers, six fourchettes et six assiettes.

LUCIENNE. — Donne-moi encore des assiettes.

RAGOTTE. — Je ne peux pas.

LUCIENNE. — Oh ! ce que tu es intéressée !

RAGOTTE. — Et le Paul !

PAUL. — Oui, et moi ! Qu’eſt-ce qu’il me restera pour ma part ? Si tu veux tout prendre, je vas bien t’arrêter !

Le Paul surveille en effet les caisses et Philippe, qui les cloue, s’écrie :

— Quon ne m’apporte plus rien ! je ne les déclouerai pas !

Lucienne boude.

— Soignez votre caractère, lui dit Gloriette.
— Mon caractère est bon, dit Lucienne, pincée.
— C'est votre avis, monsieur Marius?
— Oh! répond Marius, je n'ai pas encore regardé.
— Ah! que le temps me dure! dit Philippe. Depuis ce matin, clouer les caisses, et les haricots de votre jardin qui attendent!

— D'un côté, dit-il, ça me fait de la peine de voir Lucienne partir, mais, de l'autre, je n'en suis pas fâché!

Ragotte dit doucement à Lucienne:
— Tu as beau être mariée: ce n'est pas une raison pour te mettre en colère.

— Personne ne se connaît, dit-elle, tant que les caractères ne sont pas l'un devant l'autre, et il faut toujours en rabattre.

— Tu vas sentir, Lucienne, le pou te piquer derrière l'oreille! Il n'y a rien de mieux qu'un homme pour tenir une femme droite! J'en ai vu que le mariage a bien réduites.

— Un mariage, ce n'est pas comme un marché de bœufs!

Au moment de l'adieu, Philippe dit tout de même à Marius et à Lucienne:
— Comme vous n'êtes pas riches, on pourra vous envoyer, à l'automne, un sac de pommes de terre.
— Tu feras bien! dit Lucienne.

Les Philippe ont reçu, au premier jour de l'an, une

carte des jeunes mariés, ce qu'on appelle une carte de visite, avec les noms imprimés au milieu.

Monsieur et Madame Marius Carol.

Pas un mot de plus, mais c'était assez, et Ragotte a dit :

— Il ne leur manque rien !

IV

Le Paul

Le Paul entre, furieux, chez Ragotte.
A l'autre maintenant!

PAUL. — Pourquoi ne m'as-tu pas apporté ma soupe ce matin?

RAGOTTE. — Je ne savais pas si tu travaillais aujourd'hui.

PAUL. — Tu sais bien quand on boit, tu ne sais pas quand on travaille!

RAGOTTE. — Tu ne m'avais pas dit où tu travaillerais.

PAUL. — Au canal, sur le port; c'est malin à deviner!

RAGOTTE. — A quelle pile? Il faut toujours chercher. Les empileurs se moquent de moi. Ils rechignent à ma question: " Avez-vous vu le Paul? " Et je drogue de pile en pile. Mais ta soupe est prête, tu peux l'avaler.

PAUL. — Je n'en veux plus, de ta soupe.

RAGOTTE. — Laisse-la, mon garçon.

PAUL. — Et je te défends de me la faire, demain et les autres jours. Je te défends, je te défends!

RAGOTTE. — Ce n'est pas la peine de tant le répéter, j'ai compris.

PAUL. — J'en trouverai à l'auberge.

RAGOTTE. — Tu es libre; tu verras ce que ça coûte.

PAUL. — J'ai de quoi payer, et ce sera meilleur.

RAGOTTE. — Puisque tu ne mangeras plus chez moi, je ne balaierai plus ta maison où tu couches; ferme ta porte.

PAUL. — Elle est fermée.

RAGOTTE. — Ote la clef.

PAUL. — Je l'ai dans ma poche.

RAGOTTE. — C'est fini entre nous, mais, quand tu auras besoin d'un morceau de pain...

— J'ai plus les moyens que toi, dit Paul, déjà dehors.

— Il m'a jeté ça dans les jambes, dit Ragotte, parce que je l'avais piqué net.

Elle tourne autour de la maison de Paul et regarde par la fenêtre. Elle a vu aujourd'hui, sur sa table, un pain entamé, un reste de fromage et un litre vide; ce qui prouve qu'il ne prend point tous ses repas à l'auberge comme il l'avait dit, et qu'il est embarrassé.

Le Paul, qu'elle agace, ferme les volets quand il va à son travail.

Elle se réjouit d'abord de ne plus avoir à faire de cuisine, même pour Philippe qui mangera souvent ce qu'il aime le mieux: du pain avec un cornichon à la croque-au-sel.

— Ragotte et le Paul, dit Philippe, se sont tiré les oreilles, mais ils ne peuvent pas se passer l'un de l'autre. Ils se cherchent déjà.

— Pense qu'il fait sa soupe lui-même! dit Ragotte.

— Ne faut-il pas qu'il apprenne? dit Philippe.

— Oh! toi, tu es dur, mais une mère! Je me rappelle, madame, que, la veille de faire le Paul, j'allais encore laver à la rivière. Quel ingrat! On voit des enfants si bien élevés!

— Il fallait, dit Philippe, élever ton Paul comme ceux de madame.

— On n'eſt pas tout seul pour donner des conseils, réplique Ragotte.

Philippe se tait.

— Il vous reviendra, dit Gloriette, après la leçon.

— Il sent qu'il a mal fait, madame, et il n'ose plus reparaître, ici, devant vous. Oh! moi, à sa place, j'aurais honte, je ne reviendrais pas.

— Puisqu'on ne se connaît plus, dit Philippe, il ne faut rien prendre au jardin de Paul.

C'eſt leur voisine, la Chalude, qui en profite; elle ne laisse pas perdre les choux et les carottes.

— Vous a-t-il dit quelque chose? lui demande Ragotte.

— Non.

— Il ne vous parle point de moi?

— Oh! non.

— En mal, comme de juſte?

— En rien du tout, ma pauvre Ragotte. Il se débarrasse bien de vous! Il eſt comme les autres enfants.

Ainsi, ce n'était pas assez de la mort du petit Joseph: il faut que Ragotte souffre par les vivants.

Le petit Joseph au cimetière, sa fille Lucienne mariée, le Paul fâché, elle n'a plus que son principal. Elle va s'asseoir près de lui et le regarde désherber les oignons. Toute l'année de la naissance du Paul lui revient. Il y a trente ans, jour pour jour, qu'elle le poussait au monde. La moisson était bien en avance, comparée à celle d'aujourd'hui.

— Quand ils sont petits, dit-elle, avec un coup de pied d'un côté, une tape de l'autre, on les remet droits; quand ils sont grands, il n'y a plus de prise.

Cependant, elle lui prépare, comme d'habitude, sa chemise de la semaine; il ne vient pas la chercher.

— Ne t'en occupe donc plus, dit Philippe. Tu ne l'as pas vu, tout à l'heure, sortir de sa maison avec une belle culotte blanche?

— Il se croit propre dans sa pouillerie, cet individu-là! dit Ragotte mortifiée.

Elle sait, par la Chalude, qu'il ne prend jamais la peine de faire son lit et qu'un fromage blanc lui dure une semaine.

Le Paul va partir pour ses vingt-huit jours. Viendra-t-il leur dire au revoir? Jusqu'à présent, il évite le père comme la mère, et, chaque fois qu'il rencontre Philippe, il se gare. Enfin, la veille du départ, Philippe le rattrape sur la route :

— Tu n'as besoin de rien?

PAUL. — Pourquoi t'inquiètes-tu de ça?

PHILIPPE. — Si tu n'avais pas d'argent, je t'en donnerais.

PAUL. — J'ai de l'argent.

PHILIPPE. — Tu feras peut-être les manœuvres?

PAUL. — Je ferai ce qu'on me fera faire.

Un peu après, Ragotte, n'y tenant plus, va dans sa maison qui est ouverte.

— Comme tu pars, dit-elle, je viens voir si tes affaires sont prêtes.

— Je ne les ai pas regardées.

— Si tu veux que je te les prépare?

— Ce n'est pas le moment.

— Il n'imagine pas, ajoute Ragotte, le plaisir qu'il pouvait me faire en me commandant quelque chose. Il m'aurait dit seulement : " Fais mon lit! " Mais rien! Comme je ne voulais pas lui montrer ma peine, j'ai tourné mon cul et je suis sortie.

Le soir, ils font une dernière tentative.

— Montes-tu là-haut? dit Ragotte.

— Monte si tu veux, toi, répond Philippe.

— Comment faut-il que je lui tourne ça?

— Offre-lui les cent sous, mais ne le force pas. S'il les refuse, rapporte-les.

Ragotte n'a pas la peine d'aller jusqu'au bout: elle aperçoit une voiture à âne qui emmène le Paul. C'était donc ce soir qu'il devait partir, et non demain matin? Dès que Paul a disparu sans un regard en arrière, Ragotte n'est pas longue à remettre à Philippe la pièce de cent sous.

Il ne s'agissait peut-être que d'une course. La

nuit elle se dresse et entend un bruit de souliers qui approchent.

— C'est le Paul! c'est le Paul!

Non, il est bien parti, comme un orphelin.

Philippe la console doucement.

— Es-tu sûre, à présent, dit-il, que ton Paul se f... de toi?

Elle pleure; ses yeux ne débouffissent pas.

— Il faut pleurer les morts et les vivants, dit-elle.

Comme si elle avait peur de ce qu'elle vient de dire, elle rectifie :

— C'est moins dur tout de même de pleurer les vivants. Un jour ou l'autre, on peut les revoir.

La femme Merlin, dont le fils fait aussi ses vingt-huit jours, dit malignement à Ragotte :

— Avez-vous des nouvelles de Paul?

— Non, dit Ragotte, je n'en ai point, mais je n'en attendais pas.

— Oh! moi, dit la femme Merlin, j'en ai d'Emile. Il nous a écrit, et il marque sur sa lettre qu'il nous récrira encore!

Ragotte lave le linge qu'elle trouve dans la maison du Paul.

— Tu en as, de la complaisance! dit Philippe.

— Ce n'est pas à cause de Paul, c'est à cause du linge qui s'abîmerait. La culotte était raide de boue et dressait les oreilles comme le diable! Je ne pouvais pas la laisser dans un pareil état. Oh! ça sera fini, je ne toucherai plus à rien.

— Mais, Ragotte, lui dit Gloriette, ce paquet de linge était dans la maison.

— Oui, madame!
— Et la clef?
— Je l'ai.
— Il vous l'a donc rendue?
— Oh! non, il a fait comme c'est l'habitude chez nous. Le dernier qui sort ferme la porte à clef, met la clef sur le rebord de la fenêtre, au coin, et pousse simplement les volets. Il ne les accroche pas. On le sait, on n'a qu'à ouvrir les volets et à prendre la clef.

Pas une carte postale!
Qui la préviendra s'il arrive malheur au Paul? Va-t-elle, comme on dit, apprendre sa mort avant sa maladie? Comment finira cette brouille? Après ses vingt-huit jours, le Paul se remettra-t-il à la petite table de Ragotte, oublieux et affamé comme s'il revenait d'une guerre lointaine? C'est possible, mais il a une tête!

Les quatre semaines passées, il est de retour et il ne vient pas la voir; c'était pourtant une bonne occasion!
Ragotte sait que, parti enrhumé, il a fait les manœuvres enrhumé et qu'il rentre avec son rhume.

Elle avait dit : “ Oh! je n'irai pas laver son linge des vingt-huit jours! S'il me le donne, je le laverai de bon cœur, mais, s'il attend que j'aille chercher le linge!... ”
Et, comme il ne l'apporte pas, elle va le prendre. Elle trouve le Paul au lit, la figure contre le mur.
— Tu es donc malade?
— Oui.

— As-tu besoin de quelque chose?
— Non.
— Si je te faisais un verre de vin chaud?
— Je n'en veux point.
Il ne se retourne même pas. Ni bonjour, ni bonsoir!

— Laissez-le, Ragotte, dit Gloriette, indignée. Vous finiriez par avoir tort, et vous vous faites du mal pour un mauvais gars qui ne le mérite plus.

— Vous dites vrai, madame. S'il arrive du malheur, je n'aurai rien à me reprocher.

Elle ne dit pas que, le Paul ne lui montrant que le dos, elle a pris le paquet de linge des vingt-huit jours. Elle le lave et l'écarte sur la haie du jardin de Paul. Il le ramassera s'il veut.

Le Paul est malade pour de bon et le rhume lui donne la fièvre. Il ne peut même plus bouger, parce qu'un vésicatoire le fait souffrir depuis seize heures. Ragotte, avertie par la Chalude, va le revoir et lui pose les mêmes questions.
— Tu n'as besoin de rien?
— Non.
— Faut-il que j'allume le feu?
— Ce n'est pas la peine.
— Mais, ajoute Ragotte, il dit ça bien doucement! Il ne se fâche pas, et il ne se tourne plus exprès de l'autre côté.

Gloriette y monte.
— Un vésicatoire, Paul, se garde huit heures au plus. Où l'avez-vous pris?
— Chez le pharmacien.

— Sans ordonnance?
— Je n'ai pas vu le médecin.
— Qui vous l'a posé?
— Le pharmacien.
— Sans explication?
— Il m'a dit de coller à la place, quand je l'ôterais, du papier sur de l'huile.
— Avez-vous du papier?

Le Paul montre un vieux papier de soie qui enveloppait des bougies.

— Et de l'huile?
— Je n'en ai pas.
— Qui vous enlèvera votre vésicatoire?
— Moi.
— Oui, vous! comme un pauvre abandonné au risque d'une blessure. Ecoutez, Paul! On essaiera de l'ôter légèrement, puis on mettra un cataplasme de farine de lin dont la toile aura bouilli, et on percera la peau ensuite. Nous allons vous soigner, Ragotte et moi; je vais chercher Ragotte.

Paul répond par un grognement.

— Paul, laissez-vous soigner par Ragotte. Il ne faut plus être fâché. ~~Elle a ses travers,~~ comme toutes les vieilles mamans, mais vous êtes le seul garçon qui lui reste, et elle vous aime de tout son cœur. Vous ne devez pas lui faire plus longtemps de la peine. Je la ramènerai avec moi.

— Je veux bien, dit Paul.

Il le souffle d'un râle plutôt qu'il ne le dit, à cause de son rhume. Gloriette voit remuer le drap sur la poitrine. Il pleure: c'est d'émotion, ou le vésicatoire tire trop.

Le Paul laisse traîner, au bord de sa cheminée,

toute une histoire d'amour en cartes postales.

Sur l'une d'elles Ragotte lirait, si elle savait lire, et Gloriette, si elle était curieuse :

" Trouve-z-en donc une plus jolie que celle-là! Et on dit que je lui ressemble! "

Sur une autre :

" Je t'aime autant de loin que de près. "

Sur celle-ci, une petite femme à sa toilette n'est vêtue que de ses bas et de sa chemise transparente. On voit le bout des seins et on devine le reste. L'expéditrice a crayonné aux pieds de la belle : " Admire et comprends! "

Sur celle-là s'épanouit une rose jaune, et, sous le nom de cette rose que l'imprimeur appelle *Infidélité*, il est écrit à l'encre noire naturelle :

" On s'en a douté! "

Gloriette reparaît, suivie de Ragotte, et lève le vésicatoire.

— La Chalude les arrache d'un seul coup, dit Ragotte qui tremble.

— Avec la peau?

— Ah! dame! vient ce qui vient.

— Je ne vous ai pas fait mal? dit Gloriette.

— Non, madame, je n'ai rien senti.

— Ragotte restera près de vous.

— Oh! madame! oh! madame! dit tout bas Ragotte, les mains jointes, que vous me rendez donc service! Il y a un mois que je ne dormais plus!

Elle s'installe chez le Paul. Il ne dit rien, et elle parle trop.

— Oh! que ça doit cuire, un vésicatoire! Tu en

as, du courage! Moi, je ne pourrais pas le supporter, je crierais.

Paul va perdre patience, lui dire de se taire, ou sauter à bas du lit et la mettre à la porte. Mais il n'a plus d'humeur.

— Il se rend, dit Ragotte. Je savais bien qu'il se rendrait à vous, madame Gloriette. Il s'est rendu, il cause, il a causé ce matin.

— Qu'est-ce qu'il vous disait?

— Il m'a demandé si le lait qui était sur le feu ne tournerait pas. Oh! c'est un bon cœur, mais une vilaine femme le perd.

— Quelle femme?

— Je ne veux pas vous parler de cette femme: je vous manquerais de respect! Enfin, il cause. Je ne tiens plus à ce qu'il prenne ses repas chez moi. Au contraire, je suis débarrassée. Qu'il mange où ça lui plaît, pourvu qu'il cause. Je tiendrai sa maison propre s'il cause, et je laverai son linge, mais qu'il cause!

C'est la fin, et tous y trouvent leur compte. Ragotte danserait; Gloriette se félicite d'ôter un vésicatoire sans blêmir.

Philippe seul resterait longtemps à l'écart si Ragotte n'avait tout à coup une bonne idée.

Elle porte ce matin la soupe au Paul et lui demande de ses nouvelles.

— Ça va bien, dit Paul; me prêterais-tu vingt sous?

— Oh! oui, mon garçon; pour quoi faire?

— Pour aller à la ville par le train. J'ai de l'argent chez le patron, près de cent francs, mais j'aime mieux ne pas les réclamer avant la fin du mois.

— Je n'ai pas, dit Ragotte, les vingt sous dans ma poche, je cours les chercher.

Elle les avait sur elle, mais c'est à ce moment que lui vint son idée.

Elle trouve Philippe au jardin. Il a bon cœur, lui aussi, comme le Paul, et il est encore plus têtu; et il ne le reverrait pas sans un prétexte.

— Le Paul a besoin de vingt sous, dit Ragotte; ça ne se refuse pas, porte-les-lui donc.

— Tu ne peux pas les porter toi-même?

— Est-ce que j'ai le temps?

— Prends-le.

— Non. La dame m'appelle, il faut que je monte tout de suite. Porte les vingt sous au garçon. Le train passe à neuf heures et demie; ça presse, va vite!

Philippe, mal gracieux et ému, se dépêche d'y aller.

— Je mentais, dit Ragotte à Gloriette, vous ne m'appeliez pas. Ce sera pour une autre fois. N'ayez jamais peur de me déranger. Ça me fait tant plaisir de vous être utile à quelque chose!

Le Paul reviendra-t-il prendre ses repas chez Ragotte? Personne n'y compte plus.

Il revient tout seul, un jour que sa chemise est mouillée et que son feu ne marche pas. Il entre chez son père et sa mère, qui ne disent rien, de peur de le faire sauver, et il s'assied en bougonnant, le dos à la cheminée où pétille un fagot.

Comme c'est l'heure de manger, Ragotte pousse devant lui, sur la petite table, une assiette, un verre, le pain et le plat qui fume.

Le Paul se sert, d'abord de loin, puis il s'approche un peu.

V

Ragotte et le pauvre

— On sonne, Ragotte.

— Oui, madame, dit Ragotte, qui va, sans se presser, ouvrir la porte de la cour.

Elle l'entr'ouvre et dit :

— Madame, c'est un pauvre.

— Attendez, répond Gloriette. Je vous jetterai deux sous par la fenêtre dans un morceau de papier.

Ragotte dit : “ Bien, madame ! ” et elle attend avec le pauvre. Il ressemble à tous les pauvres de la route. On peut le croire, à volonté, très misérable, ou se méfier et dire qu'il est au moins millionnaire.

LE PAUVRE. — Bonjour, madame Ragotte, vous me reconnaissez ?

RAGOTTE. — Oui, je vous reconnaissais par vos pieds sous la porte ; vous êtes déjà venu plusieurs fois.

LE PAUVRE. — Je viens tous les ans. Ils ne sont pas partis, vos maîtres?

RAGOTTE. — Non.

LE PAUVRE. — Ah! j'avais peur. L'année dernière, je suis passé trop tard.

RAGOTTE. — Je me rappelle.

LE PAUVRE. — Ils étaient rentrés à Paris; j'ai fait une visite pour rien.

RAGOTTE. — Les maîtres partis, il n'y a plus que moi et mon vieux!

LE PAUVRE. — Monsieur Philippe?

RAGOTTE. — Oh! monsieur Philippe!... un joli monsieur!... Et ce n'est pas nous qui pouvons vous donner.

LE PAUVRE. — Naturellement.

RAGOTTE. — Nous ne sommes guère plus riches que vous.

LE PAUVRE. — Oh! je comprends! Je n'avais qu'à me dépêcher l'année dernière comme cette année. J'ai pris le plus court... Ah!... madame votre maîtresse vient de jeter quelque chose.

RAGOTTE. — Je n'ai pas entendu; vous avez l'oreille fine.

LE PAUVRE. — L'habitude! Tenez, là, au milieu de la cour; c'est blanc.

RAGOTTE. — Mme Gloriette donne toujours, et je parie qu'il y a deux sous et non un petit sou dans le papier.

LE PAUVRE. — Oui, ça se sent au doigt.

RAGOTTE. — Madame ne trompe personne.

LE PAUVRE. — Merci, madame Ragotte! (*A la fenêtre :* Merci, madame!

RAGOTTE. — Vous avez un fameux porte-monnaie.

LE PAUVRE. — Il a du fond; s'il était plein! Je n'y serre pas mes sous devant tout le monde, c'est mal vu; mais, avec vous, je ne me gêne pas.

RAGOTTE. — Vous préférez les sous au pain?

LE PAUVRE. — Le pain est lourd à porter; on ne peut pas tout manger à la fois.

RAGOTTE. — Vous aimeriez mieux de la brioche?

LE PAUVRE. — De temps en temps, mais je n'ai pas la peine de refuser des friandises.

RAGOTTE. — Si vous étiez venu plus tôt, moi, je vous aurais bourré de galette. J'ai marié ma fille Lucienne, cet été.

LE PAUVRE. — Je vous fais mes compliments.

RAGOTTE. — Et bien mariée, avec un jeune homme de Paris, un chauffeur qui voyage dans le premier wagon du train et qui gagne de bonnes journées. La noce a duré trois jours.

LE PAUVRE. — Je ne pouvais pas prévoir. Vous avez plusieurs enfants?

RAGOTTE. — Deux : ma fille et mon aîné, le Paul; j'ai perdu le plus jeune cet hiver.

LE PAUVRE. — Excusez-moi.

RAGOTTE. — Oh! ce n'est pas vous qui me faites pleurer. En mariant ma fille, je riais et je pleurais; tout ça éreinte, tout ça vieillit. Je ne me porte plus comme autrefois; le mal me prend, me tient une journée au lit et me lâche ensuite; mais on s'use, on s'approche de la fin.

LE PAUVRE. — Vous ne fatiguez pas beaucoup, ici?

RAGOTTE. — Oh! non, je soigne les bêtes et je lave le linge. L'hiver, nous restons seuls, tranquilles, trop; ça paraît long et vide.

LE PAUVRE. — C'est gentil, ce coin-là, ce lierre!

RAGOTTE. — On va le couper, il attire les rats.

LE PAUVRE. — Ils sont convenables avec vous?

RAGOTTE. — Qui? les maîtres? Il n'y a pas à se plaindre.

LE PAUVRE. — Allons tant mieux! Au revoir, madame Ragotte. Meilleure santé! A l'année prochaine!

RAGOTTE. — Vers la même époque, fin septembre?

LE PAUVRE. — Au plus tard, pour ne pas les manquer. C'est agréable de connaître, pas trop loin de la grande route, une maison sûre comme la vôtre.

Le verre d'eau

Par une forte chaleur de juillet, assis à l'ombre, je bois un verre d'eau de notre puits. Philippe me regarde avec une bienveillance respectueuse.

— C'est agréable, dit-il, de voir comme vous buvez ça.

— Oui, j'aime cette eau pure; et vous?

— Moi, je préfère le vin.

— C'est bon, Philippe, un verre de vin, quand on apporte la bouteille de la cave; c'est moins frais qu'un verre d'eau qui sort du puits.

— Oui, monsieur, cette eau-là est fraîche.

— Elle coupe!

— Elle serait plutôt trop fraîche.

— Vous n'en buvez jamais.

— Je peux tout de même dire qu'elle est froide.

— Vous l'avez goûtée?

— Non, mais je l'ai touchée, monsieur.

— Comment ça?

— Je suis descendu dans le puits.

— Quand, Philippe?
— Ce matin.
— Ah!...

— Philippe, dis-je, après une nouvelle gorgée plus petite que les autres, pourquoi êtes-vous descendu?

— Pour voir s'il restait de l'eau en suffisance et si le puits n'avait pas besoin d'être nettoyé, si je ne trouverais pas des saletés au fond.

— Au fond du puits?

— Oui, monsieur. Le puits n'a plus guère d'eau. D'ici trois ou quatre jours elle manquera, à moins qu'il ne tombe une forte averse. Pour le nettoyage, comme il faudrait vider le puits, on peut attendre.

— Le fond est propre?

— Assez.

— Dites-moi, Philippe, comment avez-vous fait pour descendre?

— Il n'y a qu'un moyen: j'ai mis la grande échelle dans le puits.

— Et vous êtes descendu très bas?

— Le plus bas possible.

— Plus bas que le seau quand la corde est toute développée?

— La corde et un bout de la chaîne.

— Jusqu'au dernier échelon?

— Jusqu'à l'eau seulement; les derniers échelons trempaient sous l'eau.

— Et après?

— Pour m'assurer qu'il n'y avait pas un dépôt de matières, de feuilles mortes, j'ai tâté, remué l'eau.

— Avec quoi?

— Avec ma main. C'était glacé! Je n'aurais pas voulu y entrer après ma soupe.

— Y entrer, Philippe?

— M'y baigner, quoi! l'estomac plein de nourriture.

— Vous ne plongiez que la main?

— La main, le bras, le coude, afin de mieux barboter.

— L'eau vous éclaboussait, vous mouillait?

— J'avais retroussé mes manches; le reste, la culotte, les sabots, ça ne craint rien, ça sèche vite.

— Les sabots, mais les chaussons?

— Je n'en mets point.

— Les chaussettes?

— J'avais les pieds nus.

— Vous ne trouvez pas, Philippe, qu'il fait lourd?

— Au contraire, je trouverais, moi, monsieur, que le temps s'est rafraîchi.

— Philippe?

— Monsieur.

— Je ne comprends pas bien. Expliquez-moi: où étaient-ils, vos pieds nus?

— Dans mes sabots.

— Et vos sabots?

— Sur l'échelle, monsieur.

— Sur quel échelon de l'échelle?

— Sur le plus près de l'eau.

— Cet échelon touchait à l'eau, hein, Philippe? Il nageait dessus?

— Il ne pouvait pas, monsieur. Un morceau de bois libre nage, un échelon reste pris à l'échelle.

— J'entends, Philippe, et je veux dire que l'eau du puits, de notre puits, n'est-ce pas?...

— De votre puits.

— Que cette eau, que la surface de cette eau, l'échelon de l'échelle et vos pieds nus dans vos sabots, ne faisaient qu'un.

— Si vous voulez.

— Je vous demande.

— Oui, monsieur. Moi, je ne m'occupais que de ma main, sans m'occuper de mes pieds.

— Quelle chaleur, Philippe!

— En effet, vous paraissez avoir chaud. Vous suez du front.

— Je n'ai jamais eu aussi chaud.

— Vous ne finissez donc pas votre verre?

— Si, si.

— Ça vous fait peut-être mal?

— Non, non, je boirai tout, Philippe, et vous, prenez un verre de vin. Nous trinquerons.

I

Honorine

Une fois par an elle vient jeter sur la table de la mairie la feuille du percepteur qui l'impose pour soixante-dix-neuf centimes (part de l'État, part du département, et part de la commune réunies).

— Pourquoi m'envoient-ils toujours leur papier? dit-elle. Ils savent bien que je ne peux pas payer!

Quand on lui donne des sous, elle ne les compte plus. Elle va chez l'épicière et dit, la main tendue, avec les sous dedans :

— Donnez-moi pour ça de lard.

Elle ramasse de l'écorce entre les piles de bois bien rangées du port, mais elle ne volerait pas une bûche.

— Le garde connaît mon honneur, dit-elle, Il est prêt à déclarer que, sur ma conduite, personne n'aurait rien à dire.

— Ma pauvre vieille Honorine, lui dis-je, vous avez le droit de tout vous permettre! A votre âge, à quatre-vingt-sept ans, après votre vie de misère, tout vous appartient, ce bois et le reste. Tout est à vous! Prenez tout!

Elle me regarde, muette, étonnée ou sourde, et sa tête tombe peu à peu vers ses genoux. On dit alors, inexactement, qu'Honorine sommeille. On ne peut pourtant pas dire déjà qu'elle meurt. Il faudrait un mot qui fût à mourir ce que sommeiller est à dormir.

Parfois, elle dit que tout le monde est du bon monde et que personne ne la repousse. Aujourd'hui, elle ne cherche pas sa vie de porte en porte, elle fait des visites.

— Je viens vous voir, dit-elle, à Gloriette, mais je n'ai besoin de rien. Il me reste du lard pour quinze jours et du café pour huit, et même du sucre. Le sucre, c'est ce qui passe le plus vite; non, non, je ne demande pas de sucre; je viens vous voir seulement pour vous voir.

Elle a beau être la plus vieille du village, elle ne s'est jamais mise au courant..

— Un jour, me dit-elle, j'ai vu le château du roi.

— Quel château, Honorine?

— Celui du roi.

— De quel roi?

— Notre roi, le roi de France.

— La France a donc un roi?

Comme si je me moquais d'elle, Honorine ne se donne pas la peine de répondre. Elle attend d'autres questions.

— Où l'avez-vous vu, Honorine, ce château?

— Là-bas, au diable. Oh! on ne peut pas le voir d'ici. Il a fallu aller loin, en marchant deux jours et une nuit, mais je l'ai vu.

— Et comment était-il?

— C'est un château pareil aux autres, plus grand tout de même.

— Vous ne vous rappelez que ça?

— Il y a si longtemps! dit Honorine.

— Et le roi?

— Je ne l'ai point vu, dit Honorine modestement.

— Il n'était pas chez lui?

— Oh! si; ce jour-là, il ne s'est pas montré dehors. Je ne peux pas dire que je l'ai vu, je vous le dirais. Je n'ai vu que le château, le château du roi, mais je l'ai vu.

— C'est de la chance, Honorine!

— Vous aussi, me dit-elle, vous avez dû le voir, et souvent?

— Non.

— Oh!

— Jamais.

— Un monsieur qui va partout et qui ne peut pas tenir en place!

— Je vous jure, Honorine.

— Vous n'êtes pas passé de ce côté-là?

— Il faut croire.

— Ah! ah!... Moi, je l'ai vu, répète Honorine, fière de son avantage, mais pas au point de vouloir m'humilier.

Et, en retour, je me fais scrupule de lui apprendre que le roi est mort.

Soudain, elle cède à son humeur maligne.

— Je n'ai rien du tout, dit-elle.

— Vous exagérez, Honorine; la commune vous donne du pain.

— Quatre livres par semaine, ce n'est guère.

— Et Mme Gloriette cinq autres livres, ça suffit.

— Oui, si j'ai de quoi m'assaisonner.

— Vous avez de l'épicerie.

— Moi?

— Vous venez de le dire.

— Je sais que quelqu'un commande à l'épicière d'en remettre à ma Pauline.

— Pour vous?

— Peut-être.

— Votre petite fille Pauline n'est pas une voleuse. Ce qu'on lui remet, elle vous le donne.

— Non.

— Pas de la main à la main, mais elle trempe votre soupe?

— Oui, elle la trempe.

— Et c'est une bonne soupe!

— De l'eau.

— Vous accusez Pauline d'une vilaine action.

— Je voudrais être dans les Hâtres, dit Honorine.

On appelle les Hâtres le terrain du cimetière.

Tandis qu'Honorine somnole il faut regarder une fois de plus sa figure, de moins en moins agréable aux yeux. On dirait qu'une bête l'a longtemps grattée pour y faire son gîte; c'était trop dur : la bête a renoncé.

— Oh! les beaux poireaux! dit Honorine qui se réveille.

Elle désigne des poireaux de l'an passé qui ont grandi tout l'hiver au jardin. Elle les croit de la saison.

— Ça pousse au galop, dit-elle, et c'est fameux dans une soupe.

On lui en arrache un, et elle s'éloigne avec son poireau qu'elle porte à la main comme une lance de pompier.

Elle ne marche pas vite, de peur de perdre ses savates. Elle s'arrête souvent, cherche son équilibre, hausse les épaules et dit des mots.

C'est son bâton qui repart le premier et fait le premier pas. Il doit savoir marcher, depuis le temps! Si la vieille meurt dehors, loin du village, il est capable de rentrer tout seul à la maison.

Comme elle ne cesse de répéter : « Oh ! mon Dieu! oh! mon Dieu! » je lui dis :

— C'est agaçant, à la fin, Honorine! Ne parlez donc pas toujours du bon Dieu! Il n'y en a point.

— Oh! oh! fait-elle, scandalisée.

— Non, Honorine.

Elle grimace; il faut la connaître pour savoir qu'elle rit.

— Vous me taquinez, dit-elle.

— Je parle sérieusement. Vous êtes la preuve qu'il n'y a pas de bon Dieu.

Le sérieux la gagne aussi.

— Ma foi, dit-elle, il n'y en a guère.

— Ni peu, ni beaucoup, Honorine; ni un, ni deux, ni trois; point, point!

— C'est vrai, dit-elle, que, s'il y en avait un, je serais morte.

Mais, tout de suite, ça la reprend et elle dit :

— Je remercie la petite demoiselle de sa paire de sabots. C'eſt la dernière ! J'en ai pour ma campagne. Je prierai le bon Dieu pour la petite demoiselle.

— Je vous dis que ce n'eſt pas la peine.

— Si, si, ça m'amuse !

On lui propose de la faire entrer à l'hospice du canton. Elle refuse et déclare qu'elle eſt la plus heureuse du village.

— J'ai ce qu'il me faut, dit-elle, une maison et un jardin. Si j'allais à l'hospice, les groseilles de mon jardin seraient perdues.

— Vous vous reposeriez.

— Je me reposerai dans les Hâtres.

— A l'hospice, il vous serait plus facile de vous tenir propre.

— Je ne suis pas sale, dit-elle, fière et levant un front de couleur grise. Je ne dors pas sur du pourri, et j'ai lavé mon devantier ce matin.

— Vous auriez des camarades, là-bas.

— Je les ferais damner.

— Si vous étiez mal, vous sortiriez.

— Non, non ; il ne me manque rien, répète Honorine avec force, inquiète, pressée de partir et oubliant sa bouteille de café.

Ce qui la décide, c'eſt une raison de vanité. Elle prétend que les sœurs de l'hospice l'aiment et la trouvent rigolotte. Elle veut bien aller les voir une petite semaine.

— Donnez-moi un mot d'écrit, dit-elle, et j'irai à l'hospice, dans une voiture à âne. Quand j'arriverai tout le monde de la ville me criera : " Bonjour,

vieille Honorine, vous n'êtes donc pas morte? »
A l'hospice, on la regardera, on la fera bavarder, elle amusera la compagnie, et, au bout d'une semaine, elle reviendra nous demander s'il y a quelque chose de neuf.

Et, ce matin, Philippe la mène à l'hospice.
Elle l'attend, assise sur ses fagots.
Elle s'est débarbouillée et a passé un autre jupon.
— Etes-vous prête?
— Oh! je suis prête, mon cher ami!
Elle veut que sa clef soit déposée à la mairie.
Les voisines sont là, comme pour un enterrement, et murmurent :
— Ça fait de la peine!
Quand Philippe la pousse dans la voiture à âne, elle dit encore : « Holà! mon Dieu! » et fait une telle grimace qu'on devine qu'elle pleure. Elle ne pleure pas des larmes, mais, comme les bords d'une source à sec, les plis de sa face terreuse s'éboulent les uns sur les autres.
Le départ a lieu devant cette croix du village qui porte à ses bras plutôt une roue de bois dentée qu'une couronne d'épines. Les femmes disent :
— Elle sera mieux là-bas. Elle aurait fini par mettre le feu et par brûler dans sa maison. Nous ferons la lessive chacune à notre tour, et nous lui porterons du linge blanc.
Il n'y a pas beaucoup de curieux dans les rues de la ville pour voir arriver Honorine.
La supérieure de l'hospice lui dit :
— Vous êtes donc malade?
— Oh! non.
— Alors, pourquoi venez-vous?

— Parce que je suis trop vieille, répond Honorine.

Elle rit elle-même de sa réponse. La supérieure sourit. Philippe tourne l'âne et les portes se referment.

Selon sa promesse, au bout d'une semaine, elle ne durait plus à l'hospice.

Au dire de M. le Président même du Conseil d'Administration de l'Œuvre Hospitalière, ce n'était pas tenable. Elle menaçait de son bâton le personnel, refusait de se mettre au lit et s'obstinait à coucher dans le toit des poules.

Elle ne souffrait, d'ailleurs, d'aucune maladie. Il devenait impossible de la garder.

Quand Philippe reparut avec son âne, elle lui dit :

— Tu viens me chercher? Mon ballot est prêt.

— Non; la dame m'envoie prendre de vos nouvelles.

— Vieux chameau! dit Honorine, tu ne me feras pas rester ici une heure de plus.

On avait dû lui couper les cheveux, non sans peine; une sœur lui tenait les bras, une autre, à grands coups de ciseaux, se dépêchait de faire tomber les mèches grises.

La supérieure prévint Philippe par un petit signe d'intelligence. Il écarta une couverture entre la vieille et lui. Honorine était gaie, contente de revenir au pays.

— Je les ai fait toutes damner, tes sœurs, dit-elle à Philippe.

La première femme rencontrée au village s'écria :

— Oh! le bête, qui la ramène?

— Si nous étions passés sur le canal, dit Philippe, je l'aurais bien jetée à l'eau. Et votre clef, vieille, l'avez-vous?

— Non.

— Où donc qu'elle est?

— Je ne sais pas; que ceux qui me l'ont prise me la rendent,

— Retournons à l'hospice.

— J'aimerais mieux coucher devant ma porte!

Philippe tira la clef de sa poche, et Honorine le traita encore de vieux chameau.

Elle leva tout de suite le couvercle de son arche.

— Ah! dit-elle, je n'ai plus de pain.

— Il serait frais, depuis que vous êtes partie!

— Les voisines m'en donneront un morceau pour mon souper, et demain j'irai chez la dame.

— Elle ne vous recevra pas.

— Pourquoi ça?

— Parce que vous vous êtes mal conduite à l'hospice.

— J'irai, et elle me donnera du lard et du café.

— Elle vous mettra à la porte.

— Et du sucre avec des sous, et je chanterai une chanson à la demoiselle.

— Je vous dis de ne pas vous déranger. Ils ne veulent plus de vous.

— Tais-toi, sapajou! dit Honorine. J'irai demain sans faute, et ils seront bien fiers de me revoir. Ils s'ennuient de la vieille!

— Je ne pouvais plus, dit-elle à Gloriette, rester là-bas comme une propre-à-rien. Ma maison était en désordre. Je devais revenir pour mes rangements. Il ne faut pas se laisser aller. Si on veut que je retourne à l'hospice, je me sauve dans la rivière.

— Vous ne le feriez pas.

— Non! je ne le ferais pas au bon Dieu, à cause

du déshonneur pour les enfants. Oh! il y a de braves filles à l'hospice. Elles font bien la soupe. Je leur donnerai un coup de main les jours de lessive, mais on ne traite pas une vieille comme ça!

Elle arrache son bonnet avec colère et montre sa tête rasée. Elle a l'air d'un vieux bonhomme; il ne lui reste plus que deux mèches de vieille femme, une à chaque tempe.

— Voilà! dit Honorine, agitée de rancune.

Quand on a bien vu, elle remet de travers le bonnet qui glisse sur les épis, et il faut que Gloriette, les coudes écartés, le replace et noue les brides.

— Vous êtres fraîche et blanche, rajeunie!

— Je ne leur pardonne point cet ouvrage-là, gronde Honorine; elles m'ont massacrée. Je ne me laissais pas manger aux bêtes. J'ai dit : " Faites voir la serviette! " J'aurais vu les bêtes dans la serviette; mais les filles ont emporté la serviette, preuve qu'il n'y avait pas une bête. Elles sont malignes : pour me mortifier, elles me les auraient bien montrées.

Elle va recommencer une nouvelle vie.

— Il faudra rester le plus possible chez vous, Honorine, et ne pas aller trop souvent sur la grand' route. Vous finiriez par vous faire écorniller.

— Oh! le bétail me connaît, dit-elle; je passe d'un côté et lui de l'autre. Il y a de la place pour tout le monde.

— Au moins, ne sortez pas les jours de foire.

— Je vous le promets, dit-elle; oui, oui : on doit écouter les maîtres.

Malgré ma défense, elle est retournée à la ville.

Nous l'apercevons qui revient par la traverse des champs, si courbée qu'elle paraît sans tête et que son bâton, où ses deux mains s'appliquent comme des nœuds, est plus haut qu'elle.

Le vent lui relève son fichu, ses cotillons, et la fait chanceler sur les mottes.

A chaque instant, elle s'arrête et se redresse pour voir si le village approche, et non par peur de se tromper de chemin, car elle est apprivoisée.

Je lui dis durement :

— Je vous l'avais défendu, d'aller à la ville.

— Je ne me rappelle pas.

— Vous le faites exprès.

— Je n'entends pas toujours ce qu'on me dit.

— Je vous l'ai crié.

— C'est possible ; seulement, il fallait que j'y aille.

— Pour quoi faire?

— J'avais à causer.

— Avec qui?

— Avec des dames que je connais. Oh! les dames de la ville ne me haïssent pas!

— Elles se moquent de vous. Elles ne vous ont même rien donné. Votre cabas est vide.

— Elles voulaient me parler de quelque chose.

— Vous n'êtes pas sage, Honorine, dit Gloriette.

— Oh! si, madame, je suis sage.

— Non, dis-je; c'est une honte à votre âge de courir du matin au soir par les rues.

— Je suis bien fatiguée!

— Tant mieux! Vous n'avez qu'à demeurer chez vous tranquille. On vous trouvera morte au pied d'une haie, dans la boue.

— Je n'entends plus, dit-elle.

— Vous faites la sourde, mais si vous sortez encore du village, c'eſt le garde champêtre qui vous ramènera, oui, le champêtre, de force.

— Madame, dit Honorine à Gloriette, une épine accroche votre robe; attendez que je l'ôte.

— Ne vous occupez pas de ça! Je vais prévenir le champêtre; bonsoir!

— La robe traîne toujours l'épine, dit la vieille reſtée en arrière.

— Le bon Dieu n'eſt pas raisonnable, murmure Honorine sur la route, le bon Dieu n'eſt pas raisonnable de ne point me prendre!.

Elle entre par la porte du jardin et s'assied sur un banc qui ne sert plus qu'à elle, et qui sera repeint après sa mort.

Parfois, elle arrive trop tôt, à neuf heures, croyant qu'il eſt midi, mais elle attend qu'on s'aperçoive de sa présence.

— Je me repose, dit-elle, je suis lasse, j'ai fait un grand tour. Quand je serai défatiguée, je repartirai.

— Prenez-vous d'abord votre café? demande Gloriette, déjà de bonne humeur.

— Comment?

— Je vais chercher votre tasse.

— Oh! non, madame. Ouiche, une tasse! Je passais; non, non, je vous dis.

— Mais si, ma vieille!

— Il ne faut pas que ça vous gêne.

Gloriette apporte la tasse profonde comme une tinotte, réservée à Honorine (après sa mort, on cassera la tasse), et deux larges tranches de pain.

— Sans vous, je mourrais, dit Honorine.

Elle voit derrière un arbre une ombre qui l'inquiète.

— Qui donc marche là?

— C'est monsieur.

— Il ne va rien dire?

— N'ayez pas peur.

— Je suis déjà venue hier.

— Buvez, Honorine.

Il est préférable de la laisser seule avec sa tasse. Gloriette elle-même se détourne. Quant au monsieur, il reste derrière son arbre, et la vieille guette de ses petits yeux ravivés ce qui remue dans les feuilles.

Allons, le monsieur, un peu de courage! Approche-toi, regarde sans dégoût la vieille, dis-lui de douces paroles tandis qu'elle avale, gloutonne et maladroite, que le café coule au coin de ses lèvres, que le pain trempé s'émiette, qu'elle s'essuie avec la corne sombre du tablier, et que, d'un doigt tordu par les lessives, elle râcle le fond de sa tasse.

Je ne peux pas! Je ne peux pas!

— Moi non plus, dit Gloriette souriante.

La vieille a fini, pose la tasse sur le banc, se dresse et marche à notre arbre.

— Merci, madame. Etes-vous pour longtemps au pays?

— Jusqu'à l'hiver.

— Je reviendrai vous voir

— A votre aise, Honorine.

— Oh! pas toutes les semaines!

— Tous les jours.

— Peut-être demain. Je me reposerai sur le banc; j'y ferai un somme. Je dors mieux là que dans mon lit.

— Et vous aurez votre café.

— Oh! non, pas du café à chaque voyage, toutes les fois. Si seulement vous me donniez un pied de cette salade! Elle va monter, elle monte vite de ce temps-là.

— Vous avez laissé perdre celle d'hier.

Honorine n'entend pas.

— Prenez-en un autre pied.

Honorine entend.

— Hier, je manquais d'huile, dit-elle; j'achèterai de l'huile.

— Vous avez de l'argent?

— Pas un liard.

— Voici des sous et de l'huile pour votre salade.

Honorine lève des yeux troubles sur Gloriette et ne peut que murmurer :

— Oh! chère dame! oh! chère dame!

Puis elle me regarde fixement et, d'une voix raffermie :

— Ah! dit-elle, que défunt votre papa était un bon homme!

C'est tout: il n'y a rien pour moi aujourd'hui.

Elle ne s'embarque plus qu'avec un bâton et un parapluie. Du train dont elle va, chacune de ses sorties est un si long voyage que le temps peut bien changer en route.

Philippe lui a dit de ne pas revenir à la maison. Il lui portera son café chez elle afin qu'elle n'ait plus besoin de se déplacer.

— Oh! merci, dit-elle. Seigneur, que je fais donc de la misère au monde!

Et elle revient.

Elle va s'asseoir au bord du vivier, geignante, et sa tête ne fait que retomber dans ses épaules. On la surprend toujours comme si on la réveillait.

— Hé! la vieille!

— Ah! dit-elle, que vous m'avez fait peur!

— Vous n'avez pas compris Philippe?

— Quoi?

— Philippe vous a dit..

— Je n'entends pas.

— Vous entendez quand vous voulez.

La vieille se rapproche.

— Que me dites-vous? A mon âge, on est hébétée.

— Pas loin...

— Pas loin! pas loin! Vous avez dit: "Pas loin!" répond la vieille, vexée, mauvaise, comme si elle allait me jeter ses dernières dents à la figure.

— Vous voyez bien, Honorine, que vous entendez les mots désagréables. Pourquoi revenir puisque Philippe devait vous porter votre café chez vous?

— Je ne viens pas pour le café.

— C'est le chat!

— Je suis revenue pour vous voir.

— Oui, ma vieille!

— J'en ai, du café, plus que n'importe qui. Le château ne le ménage pas!

— Ça, Honorine, c'est une malice à notre adresse.

— Maintenant que je vous ai vus, je m'en retourne.

Mais Gloriette lui présente déjà la tinotte.

— C'est trop! c'est trop! dit la vieille.

Elle vide le café dans son trou et dit:

— Autrefois, je ne pouvais pas le sentir!

A peine nous a-t-elle quittés qu'elle revient.

— Où allez-vous, Honorine? La porte du jardin n'est pas de ce côté.

— Vous avez des beaux choux qui se perdent.
— Emportez un chou, deux, Honorine, et pardonnez-moi.
— Vous me demandez pardon, dit-elle, pardon de quoi? Vous ne m'avez pas fait de mal.

— Ce qu'il vous faudrait, dit Ragotte, c'est un bouillon d'onze heures. Oui, à onze heures, on l'avale, à midi, on est mort!
La vieille n'a pas la complaisance de rire.

Elle partie, on se gratte machinalement toute la soirée.

On ne peut plus lui offrir de tablier: elle y met de la braise.

Ne lui donnez pas de café pour qu'elle puisse le faire elle-même: elle le passe dans son mouchoir.

Elle avale une livre de sucre après l'avoir trempé bout par bout dans son seau d'eau.

Et elle revient!
Elle arrive, partie de chez elle depuis ce matin, crasseuse et noire comme un tronc d'arbre mort.
— Qu'est-ce qu'il y a pour votre service, la vieille?
— Je suis lasse.
— Restez chez vous.
— Je me promène.
— Puisque ça vous éreinte.
— Oh! non, j'ai fait un grand tour, ce matin, par les prés. Je cherchais des champignons.
— Montrez!

— Je n'en trouve plus; je vais me reposer sur votre banc, puis je rentrerai chez moi.

— C'est ça, et restez-y; Philippe vous portera le café.

— Qui?

— Philippe, comme il vous l'a porté hier.

— Quand?

— Hier.

— Je ne m'en souviens plus, dit Honorine; peut-être que oui.

— Et il vous le portera tout à l'heure. Comptez dessus, mais ne revenez pas.

— Je ne vous demande rien. Le château...

— Allez-y, Honorine!

— Le château ne me rebute pas. M. le régisseur me dit: " Ecoutez donc, ma belle!..."

— Courez au château. C'est sur votre chemin. Chez nous, c'est trop loin. Hé! hé! la vieille!

— Je suis sourde.

— C'est entendu; tout de même, acceptez une tasse de café.

— Oh! oui, j'aime bien ça, dit Honorine, ranimée par la gourmandise; je ne galope pas après le vin, mais le café...

— Non, non! je vous attrapais! vous n'aurez pas de café ici. Il n'en reste plus une goutte à la maison. Rentrez chez vous: votre tasse vous y attend.

— Quelle tasse? Je n'ai point de tasse chez moi.

— Si, si, Philippe vous la porte. Elle y sera.

— Je vois Philippe, là-bas, dans les pommes de terre.

— Il va partir avec la tasse. Il marche vite. Il arrivera avant vous.

Honorine hésite. Il faut qu'on l'aide à se dresser et à se mettre en marche, et je ferme derrière elle la porte du jardin, un peu fort. Oui, c'est moi qui l'ai fermée un peu fort, ce n'est pas le vent. Au choc, la vieille doit sursauter et, malgré le mur, j'entends ce qu'elle dit; elle dit :

— Holà! mon Dieu, sacré chameau!

— Elle vous traite de chameau, dit Philippe, furieux, après ce qu'elle a reçu de Mme Gloriette: des tombereaux de provisions!

Il est chez Honorine avant elle et la reçoit comme il faut.

— Voilà le café, s'écrie-t-il, le café que le monsieur et la dame vous envoient pour vous remercier des sottises que vous leur dites.

— Moi? répond Honorine, la tasse à la bouche. Un monsieur et une dame que j'aime tant!...

— Ce qui ne vous empêche pas de les traiter de chameaux.

— Moi! moi!... Oh! oh! si j'avais pu dire des choses pareilles, je me battrais.

— Vous en dites à tout le monde.

— A personne! A toi, mais tu n'es pas du monde! D'ailleurs, que j'aie dit ça ou que je ne l'aie pas dit, dépêchons-nous, Philippe, d'aller chez le monsieur et la dame, pour que je leur demande pardon.

Philippe se sauve, mais la vieille le suit de loin, et elle a beau avancer à peine, comme si elle se déracinait à chaque pas: bientôt, la revoilà encore!

Mélanie

On croirait que Mélanie, sœur de Ragotte, est veuve, avec une petite fille. Elle ne l'est pas. Elle a un mari, mais, tandis qu'elle reste au village, il habite Lyon, où il travaille dans les moulins. Elle ne le rejoindra jamais, parce qu'il faudrait un loyer trop cher. Et d'ailleurs, comment se passerait-elle de sa maison, de ses poules, du puits et du monde qu'elle voit sur la route?

Son mari ne vient que tous les trois ou quatre ans. Il écrit pour lui adresser de l'argent, et il est exact.

Le premier jour de cette année, il lui a envoyé, comme étrennes, une vache, qu'elle garde au champ et qui lui tient compagnie, car la petite fille va à l'école.

Cette séparation ne coûte ni à l'homme, ni à la femme. C'est un bon ménage; ils s'aiment bien.

— Ils n'ont jamais un mot, dit Ragotte.

La Chalude

Cordiale et de bon service, la Chalude a belle mine et elle est heureuse que je lui fasse des compliments.

— Oh ! dit-elle, je suis rouge à cause du soleil qui m'a brûlée.

Elle rit aussi facilement qu'elle pleure, et quelquefois pour le même motif.

Toujours tricotant, elle sait tricoter à l'étiquet.

On appelle étiquet un noyau d'abricot vide et percé où passe la coulisse du tablier. Il se place sur le ventre, un peu à gauche, et au creux de l'étiquet s'appuie, par un bout, l'une des aiguilles du tricot.

Ainsi les tricoteuses fatiguent moins. Elles peuvent tricoter en marchant, aller de la maison à une terre éloignée et revenir sans avoir perdu leur temps sur les chemins.

Ce n'est guère avantageux de tricoter des chaussettes de laine. Il faut compter, pour une paire, trois pelotes à dix sous, et la même paire, achetée, ne coûterait que trente-neuf sous, mais, comme le temps de la Chalude n'a aucune valeur, c'est encore une économie de neuf sous.

Faites à la main, ces chaussettes sont dures tant que le pied ne les a pas frayées. C'est aussi long de les ôter que de les mettre, et Chalude en change le moins qu'il peut.

Il ne met pas que des chaussettes: il use trois chemises par an. Sa femme élève ce qu'il faut de volaille pour les payer. Elle rapporte ces trois chemises le jour qu'elle a vendu les poulets au marché de la ville. Ainsi pas un sou ne sort de la maison. La Chalude n'est pas avare, on la trouve dès qu'on a besoin d'elle, mais ce petit calcul l'amuse: c'est sa part de gain dans le ménage.

Elle a l'esprit de famille; elle vendrait son laitage moins cher à un cousin qu'à un étranger, et elle affectionne sa bru comme une fille.

— S'il fallait choisir, dit-elle, j'aimerais mieux perdre mon fils que ma bru. Personne ne me demande de faire un pareil choix: c'est pour dire.

— Oh! je comprends bien, madame, et vous ne le diriez plus si votre fils tombait malade ou si la guerre éclatait.

Le mot de guerre ne la trouble point comme j'espérais. Elle est de celles qui n'ont pas vu les Prussiens en 70. Ils s'arrêtèrent à Autun, mais elle se souvient de la peur folle qu'ils faisaient.

— On regardait, dit-elle le soleil couchant tout rouge, et on pensait : « Le sang prussien et le sang français se battent l'un contre l'autre! » Des femmes répétaient : « Nous avons vu des voitures à quatre chevaux traverser les champs au galop! » et elles n'avaient rien vu. Elles criaient : « Voilà les Prussiens! Voilà les Prussiens!" Ce n'était personne. Les maîtres du château où je faisais la cuisine occupaient des ouvriers à la journée pour creuser des trous, et ils cachaient l'argentrie, les draps et les richesses. Il se couchaient par terre, et, l'oreille collée au sol, ils se figuraient entendre le bruit du canon. Ils perdaient la tête!

La Chalude se met à rire comme si la guerre de 70 n'avait pas eu lieu.

— Et Chalude, votre homme, où se cachait-il?

— Nous n'étions pas mariés, et un sénateur l'avait fait d'abord exempter, mais plus tard, il était parti avec les vieux garçons du côté de Briare. Son capitaine, Meunot, vous savez...

— Non.

— Le premier mari de la Buvotte, vous vous rappelez bien?

— Mais non.

— Oh!... Il était de votre commune.

— J'avais six ans en 70.

— Ah! je crois que tout le monde a mon âge.

— Etes-vous si vieille?

— Le capitaine Meunot disait au vieux...

— Quel vieux?

— Chalude, mon futur, qui me faisait déjà la cour..., il lui disait: " Suis-moi, Chalude, ne me quitte pas, ne me perds pas de vue! " Il faut croire qu'il sentait quelque chose, cet homme! Il avait bon nez. A je ne sais plus quel pays, une balle lui perce le ventre et il tombe. Chalude, qui marchait derrière, jette son fusil, prend le capitaine sur son dos et le porte au village voisin, dans une grange. Il le couche et lui retire ses bottes. Il ne pouvait rien de mieux. Le capitaine n'en avait pas pour longtemps. De gros messieurs, des chefs viennent à passer. Ils interrogent Chalude et lui demandent ce qu'il a fait de son fusil.

— Mon fusil est là-bas, où j'ai ramassé le capitaine !

— Vous serez à l'ordre du jour, disent ces messieurs.

Chalude ne savait pas si on allait le mettre en prison ou ailleurs. La guerre finie, on lui a donné cent francs. Nous nous sommes mariés, et, depuis, chaque année il touche cent francs.

— Pour avoir perdu son fusil ?

— Oui, et porté le capitaine sur son dos. Il a cent francs et la médaille militaire.

— C'est beau, la médaille !

— Oui, c'est joli, avec cent francs. Mais la femme du capitaine Meunot... vous n'êtes pas sans l'avoir connue, elle ?

— Je vous dis que non.

— Ni son deuxième mari, Buvot ?

— Non plus.

— La Meunotte...

— La Buvotte ?

— La Meunotte d'abord, la Buvotte après... est encore mieux partagée que nous. Elle touche mille francs ; elle les touchera jusqu'à sa mort. Et rien n'obligeait le capitaine à aller se faire tuer. Il est parti à la guerre parce qu'il s'accordait mal avec sa femme. Oui, mille francs par an ! Et, grâce à ces mille francs, elle a pu tout de suite se remarier.

Propriétaire

Ils ont hérité, acheté, vendu, fait des échanges. Ils ont donné au notaire toutes les signatures qu'il fallait, mais le bordereau du percepteur les trouble.

Ce nom n'est pas le nom de cette parcelle de terre.

Quoi ! Ils paient encore l'impôt pour un champ qui n'est plus à eux, et le voisin paie pour le pré qui leur appartient ? Il finira par dire qu'il a des droits dessus !

Les propriétaires inquiets viennent en groupe à la mairie et le plus hardi demande à voir le plan cadastral.

Le garde apporte sur la table l'énorme et lourd atlas.

Les propriétaires se penchent avec respect, et l'homme audacieux cherche, du doigt, à travers la feuille jaune, parmi les numéros presque effacés, le numéro 169. Sa main est enflée par la piqûre d'une mauvaise épine, et le mal saigne encore.

Enfin, le gros doigt s'arrête. L'homme a trouvé le numéro.

Il le regarde longtemps, étonné qu'il n'y ait pas là, sous ses yeux, une image claire qui le rassure, quelque chose de net comme le champ, ses haies et sa barrière qu'il possède au soleil. Il voit à peine des petits bouts de lignes insignifiants. Sa figure, déjà contractée d'ordinaire, devient douloureuse. Les autres, collés à lui, soufflent fort et ne l'aident pas.

Il a beau attendre: il faut bien qu'il finisse par se redresser et dire :

— Ma foi! je n'y connais rien.

Petit Gars de l'Ecole

Je viens de causer, sur la route, avec le petit Colas, qui ressemble, joufflu sous sa toque de laine, à une capsule de pavot, et je lui ai demandé :

— Qu'est-ce que tu fais là?

— Rien.

— Comment, rien! Si, tu fais quelque chose, tu t'amuses. Mais il est trois heures, tu devrais être en classe. Il y a classe aujourd'hui. Pourquoi n'es-tu pas allé à l'école? Réponds, n'aie pas peur.

— Coupé le bié, dit enfin Colas.

— Tu t'es coupé le pied, mon pauvre petit gars! Tu as dû te faire mal... Mais tu ne boîtes pas!

Colas me regarde de ses yeux les plus inintelligents.

— Quel pied? lui dis-je. Est-ce que ça se voit encore? Montre un peu.

— Coupé le bié avec papa.

— Avec papa?

— Oui, et maman.

— Tu t'es coupé le pied avec ton papa et ta maman. C'est bizarre! En faisant quoi? Tâche de t'expliquer. D'abord, on ne dit pas le bied, on dit le pied : ça prend un P et non un B. Prononce bien : pied.

— Bié.

— Non, pied! pied!

— Bié! bié! répète Colas, le bié de notre champ, ce matin.

— Le bié de votre champ!... Ah! j'y suis : le blé de votre champ. Tu as aidé ton papa et ta maman à couper le blé de leur champ, et ce soir tu te reposes, comme de juste.

— Oui, le bié.

— Le blé, le blé, mon camarade! Il faut dire le blé et non le bié, je t'assure; on comprend mieux.

L'Enfant malade

Le petit Jacques a la fièvre. Le docteur craint une méningite et dit aux femmes de la maison :

— C'est grave ! Faites bien ce que je veux.

Mais une étrangère, nouvelle venue au village, qu'on ne connaît pas et qui s'en va de la poitrine, donne un conseil pour guérir le malade.

Attraper des pigeons, leur ouvrir le ventre en prenant garde de les tuer, et faire couler le sang chaud sur la tête du petit jusqu'à ce que l'effet se produise.

Les femmes ont ouvert cinq pigeons aujourd'hui. Quand le pigeon crevait tout de suite, elles disaient :

— Il n'a pas agi, c'est un pigeon de perdu; à un autre !

Si le pigeon se débattait à coups de griffes et de bec, et rejetait le col en arrière, les femmes s'écriaient :

— Il tire le mal ! il ôte le mal !

Le sang collait les cheveux de Jacques, dégoulinait dans ses draps. Ce fut bientôt une infection. Ce soir, les cinq pigeons sèchent sur le fumier. Leurs âmes voltigent peut-être autour du toit, et attendent celle du petit Jacques, mais il va mieux.

Bonnard

Il est atteint comme la Dame aux camélias et ne se croit pas malade. Il sort tête nue, poitrine découverte et pousse devant lui, avec effort, un tonneau sur une brouette.

— Vous êtes imprudent, Bonnard !

— Le médecin m'a dit que j'allais mieux.

— Il ne vous permet pas de travailler.

— Il me le défend ; mais ce n'est pas du travail, ça ! Je bricole. Le médecin dit que je peux bricoler quand je m'ennuie.

— Bricolez à la maison.

— Je m'ennuie dedans.

— Alors, mettez un chapeau.

— Je ne vais que jusque-là, déposer ce tonneau contre le mur, à l'ombre.

— Boutonnez votre chemise.

— L'iode me démange, et j'ai trop chaud !

En effet, il sue comme les feuilles un matin de rosée. Il sue ses dernières forces.

— Oh! je guéris, je le sens, dit-il; je me remettrai au travail la semaine qui vient.

— Reposez-vous plutôt!

— Oh! non, non, s'écrie Bonnard. En voilà assez! On me traiterait de feignant.

Son cri le fait tousser; il s'assied sur le brancard de sa brouette.

— Il faut rentrer à la maison, Bonnard!

Sa maison, c'est une grande pièce, avec une fenêtre et deux portes, une sur la rue et l'autre sur le jardin. Ces deux portes s'ouvrent et se ferment comme elles veulent, et juste en face l'une de l'autre, pour que pas un courant d'air ne soit perdu.

La femme de Bonnard lave le linge à la rivière. Un feu gai et printanier comme le soleil dehors flambe sous une marmite.

L'enfant des Bonnard et le nourrisson, que personne ne gardait, dorment sur le lit.

— Quel lit?

— Le lit de Bonnard! Le jour, les petits y sont mieux que dans un berceau. Ils s'y roulent, ils s'ébattent, ils profitent.

— Sur le lit de Bonnard qui se meurt de la poitrine?

— Oui, sur le lit des Bonnard. Ils n'ont que celui-là. Où voulez-vous qu'ils en prennent un autre?

— Pour l'enfant des Bonnard, passe! Mais, le nourrisson, le médecin le laisse?

— L'enlever aux Bonnard serait cruel. Sans ce petit étranger ils mourraient de faim. D'ailleurs, le médecin a dû prévenir la mère du nourrisson.

— Et elle ne s'effraie point?

— Vous voyez...

La Veuve Laure

Elle a bien aimé les hommes et les cerises.

Elle les aime encore, les cerises et les hommes, malgré son âge, et elle devrait avoir plus près de soixante-dix ans que de soixante.

Ce matin, Philippe la trouve perchée dans notre cerisier. Il la fait d'abord descendre, puis il s'étonne que, si grosse et si lourde quand elle marche, elle ait pu grimper à l'arbre.

— Chétif gars! dit la veuve Laure sans se fâcher, qu'eſt-ce que ça peut te faire que je mange des cerises véreuses que vous laissez perdre?

— Ce n'eſt pas tant à cause des cerises, dit Philippe; c'eſt surtout parce que tu tomberais du cerisier.

— J'ai l'habitude, répond la veuve Laure; autrefois je ne descendais pas avant d'avoir avalé mes sept ou huit livres de cerises.

Il semble qu'elle doive sa mine au jus de toutes

ces cerises. Son teint rouge a été d'un joli rose.

Il n'est pas encore désagréable à regarder et, bien qu'elle soit énorme, lasse et molle, ses restes de couleur attirent les hommes qui vont sur les chemins.

Les doigts pleins de cerises trop mûres, écrabouillées, les lèvres violettes, elle raconte à Philippe, pour le calmer, sa dernière histoire d'amour.

— Depuis la mort de mon vieux, dit-elle, je couche la porte ouverte, parce que j'ai peur.

— Fermez-la plutôt.

— Non, non, j'aime mieux l'ouvrir. Les passants de la route peuvent me voir, et ça me tient compagnie. L'autre nuit, je pleurais de chagrin. Tiercelet, le borgne, qui passait, est entré. Il m'a dit : “ Il ne faut pas pleurer comme ça ! ” et il m'a embrassée. Il a une barbe douce, bien plus douce que celle de défunt mon vieux... Ne ris donc pas, Philippe, tu te trompes ! Tiercelet m'a embrassée honnêtement sur la joue, pour me consoler, et c'est tout.

— Ça ne mérite pas ! dit Philippe.

— Tu n'y connais rien, répond Laure.

Frère ou Fiancé

Nous sommes déjà installés, Gloriette et moi, dans le petit train départemental. La locomotive manœuvre. Sur le chemin de terre sablée qui sert de quai, un ouvrier paysan, d'une vingtaine d'années, attend le départ. Une jeune fille et une femme âgée se tiennent près de lui. L'ouvrier les regarde sans dire un mot.

Une première fois, il les embrasse toutes deux, puis il les regarde encore.

Il les embrasse une deuxième, une troisième et une quatrième fois de la même manière; chaque fois, c'est un nouvel adieu muet, et, d'une fois à l'autre, il ne les quitte pas des yeux.

La jeune fille s'approche avec complaisance, la femme avec gravité. Les visages se touchent au coin de la bouche.

Nous ne pouvons pas savoir si les baisers du jeune homme, pareils pour les deux femmes, lui sont rendus. On n'entend aucun bruit, on ne voit point remuer les lèvres.

A reculons, comme la locomotive est accrochée, le jeune homme se décide à monter et il regarde toujours les deux femmes. La jeune fille sourit. Il s'étaient embrassés sans gêne apparente, mais ils ne se font pas de signes, du mouchoir ou de la main.

Le train s'ébranle. Le jeune homme, debout, la figure collée à une vitre, prend dans sa poche des petites poires rouges appétissantes, et l'une d'elles tombe sur le parquet.

Il regarde au loin, se bourre de petites poires et ne s'occupe pas de ses voisins.

— Etait-ce sa sœur? me demande Gloriette à voix basse.

— Je ne crois pas; c'est plutôt sa fiancée: on n'embrasse pas une sœur quatre fois.

— Mais, dit Gloriette, il a embrassé quatre fois aussi la femme plus âgée, sa mère sans doute.

— Ou sa future belle-mère.

— Quatre fois!

— Il l'a embrassée autant que la jeune fille, par politesse respectueuse.

— La jeune fille, dit Gloriette, a l'air bien jeune pour une fiancée.

— Il suffit d'avoir quinze ans.

— Elle porte encore des jupes courtes de gamine.

— Tu exagères, elle use ses robes; ce ne sont pas des riches. Et ce silence! Un frère, une sœur, une maman, ne se taisent pas à ce point-là. C'était bien une séparation d'amoureux.

— Mon instinct de femme...

— Mon instinct d'homme...

— Ne nous disputons pas! Il sait à quoi s'en tenir, ce garçon! Questionne-le.

— Je ne le connais pas.

— Faites connaissance, dit Gloriette.

— Il faudrait un prétexte.

— N'importe lequel. Il ne ramasse pas sa petite poire rouge. Il va marcher dessus, préviens-le.

— Comment?

— Dis-lui : " Monsieur, ou mon ami, vous avez perdu une poire. "

— Et après?

— Le reste ira tout seul.

— Tu crois?

— Oui, dit Gloriette, ça m'intrigue. Veux-tu que je lui parle, moi?

— Non; il ne ramasserait pas la poire. Il ne mange plus. Laissons-le. Regarde ce qui coule de ses yeux sur la vitre.

Martine qui fait la chouette

Comme je passe sur le chaume où Martine garde ses moutons, elle s'approche à petits pas lents et me demande, avec bien de la politesse, si on ne pourrait pas lui faire obtenir quelque chose.

Son mari, mort il y a quinze mois, était, lui aussi, un ancien soldat de Crimée. Il possédait la médaille, et, en la lui remettant, les chefs lui avaient dit :

— Elle ne peut pas vous être utile maintenant; elle vous servira plus tard.

— A-t-il été blessé?

— Non, je ne peux pas dire qu'il ait été blessé à la guerre, répond Martine, mais aujourd'hui il est mort. D'un côté, j'aurais voulu partir avant lui; d'un autre côté, comme il devenait incapable de travailler, la misère pouvait le prendre plus vite que moi.

— Vous n'êtes que la veuve, ma pauvre vieille!

— On ne donnait rien, de son temps; il paraît qu'on donne aujourd'hui, j'en profiterais. J'ai toujours sa médaille; je dis la vérité.

— Oh! je sais, j'ai connu votre mari.

— Et lui! il vous connaissait encore mieux! Quand il parlait de vous...

— Qu'est-ce qu'il disait?

— Oh!... fait Martine levant les bras.

— Eh! bien?

— Il ne s'arrêtait plus.

— Nous essaierons. C'est difficile; vous avez raison de me prévenir.

— Je n'osais pas, j'étais honteuse.

— Pourquoi, Martine? Nous sommes tous frères.

— Oui, monsieur.

Elle parle bas, doucement, les yeux cachés derrière ses lunettes, les mains jointes, comme il faut, sur le ventre. Elle a jeté au milieu de ses moutons sa baguette qui n'était pas convenable, et, chaque fois qu'elle finit de parler, elle prête sa meilleure oreille, et elle attend, bien droite, bien propre, bien sage, mes réponses et mes questions.

— Vos enfants vous aident? lui dis-je.

— Ils font ce qu'ils peuvent, ils sont presque aussi pauvres que moi.

— Vous n'êtes pas tout à fait malheureuse?

— Non. Si j'ai besoin de payer ce que je dois, je vends un de mes moutons.

— Combien?

— Vingt francs cette année, moins, si l'herbe vient à manquer. L'année dernière, je les vendais jusqu'à vingt-cinq francs; il y avait de l'herbe même sur les routes.

— Ça ne vous fatigue pas trop, de les garder?

— C'est plus dur l'hiver que l'été parce que je vieillis. Mais, tant que je pourrai aller, j'irai.

— Sans un sou de dettes?

— Je fais ma vie... Oh! s'il n'y avait pas les contributions!...

— Vous en payez beaucoup?

— Trente francs.

— Vous êtes donc propriétaire?

— J'ai trois boisselées: il faut un peu de blé, et ma maison: il faut se loger. On n'a pas encore distribué les feuilles du percepteur, mais, dès que j'aurai reçu la mienne, je vendrai deux moutons, je vous le promets.

— Oh! ne vous gênez pas pour moi, Martine.

— Comment?

— Je ne vous presse pas, moi, de payer vos contributions.

— Vous, non, mais le percepteur!

— Vous le craignez à ce point?

— Il n'attend pas, lui.

— Il a l'air plutôt bon garçon.

— Oh! je n'en dis pas de mal, au contraire. C'est un monsieur qui reçoit les pauvres comme les riches. Il ne fait pas la différence. Mais il faut bien payer ses impôts. Ah! si personne ne voulait plus payer ses impôts!...

— Qu'est-ce que ça ferait?

Martine, prudente, se retient de répondre que ça ferait du joli!

Elle a le respect de l'impôt, et c'est à cause de lui qu'elle supporte le plus de privations.

Après avoir répété à Martine, par habitude, que nous sommes tous frères, je regarde s'éloigner sa jupe de deuil, le caraco, le bonnet noir.

— Celle-là n'est pas méchante! dis-je à Philippe

qui s'occupe un peu plus loin dans les betteraves.

Il allait donner un coup de pioche, il le suspend.

— Cette petite vieille qui s'en va? dit-il.

— Oui.

Philippe donne son coup de pioche.

— Vous avez encore quelque chose à dire, Philippe? Dites-le.

— Ne vous y fiez point, à votre Martine.

— Quoi? elle n'est pas bonne?

— Elle n'a que son compte tout juste.

— Elle! si résignée, si humble!

— C'est une des plus malignes du village. Elle passe le reste de sa vie à exciter son garçon qui bat sa bru quand il est saoul.

— Vous le dites parce qu'on le dit.

— Et elle n'a pas sa pareille pour faire la chouette.

Philippe, appuyé sur le manche de sa pioche, attend que je l'invite à s'expliquer, et, comme je ne m'impatiente pas, il se décide :

— Le soir, quand une de ses voisines est couchée, malade, la vieille se colle dans l'ombre près de la fenêtre, et elle imite le cri de la chouette.

— Pourquoi?

— Pour effrayer la malade: les chouettes annoncent la mort.

— Vous êtes sûr, Philippe, que la petite vieille qui tricote là-bas, derrière ses moutons, s'amuse à ces plaisanteries?

— Oui, monsieur! Mais elle a beau baisser son nez, le jour, on la reconnaît la nuit; ça ne prend pas avec toutes les malades, et, la dernière fois, Caroline lui a crié de son lit :

" Oh! je n'ai pas peur, va! Je sais bien que ce n'est pas une chouette, je sais bien que c'est toi, vieille carne!"

Le bon riche

Autrefois, quand Mougne, qui me raconte l'histoire, n'était encore qu'un gamin, le château appartenait à un bon riche.

Un jour, du haut de sa terrasse, ce riche aperçut, dans le grand pré où passe l'Yonne, le vieux Frédéric qui cueillait de l'herbe et la portait à sa bouche.

Il l'appela et lui dit :

— Qu'est-ce que tu fais donc là ?

— Monsieur le Comte, dit Frédéric qui s'approcha, tête nue, je mange de la barbe-de-bouc.

Le riche savait que la barbe-de-bouc est une espèce de salsifis des prés.

Les fleurs jaunes s'ouvrent le matin et se ferment dès que le soleil chauffe trop.

La barbe-de-bouc se mange sur place, sans huile et sans vinaigre, et elle a un peu le goût de l'oseille.

Le riche fit venir l'intendant de ses domaines.

C'était à une époque de disette, et les châtelains

avaient des greniers d'abondance. Le riche dit à l'intendant:

— Donne vite un boisseau de blé à Frédéric pour qu'il se fasse du pain; ce bougre-là mange toute mon herbe.

La Tribu des Grillot

Ils ne sont pas du pays. Le père est chemineau; la mère parle peu, mais les voisines commencent à la connaître parce qu'elle vient de tomber malade.

Comme elle n'a qu'une paire de draps qui sèchent, lavés hier, elle couche sur la paillasse, sous une couverture. Sa petite dort près d'elle. Une autre paillasse sert aux trois gamins. Ça sent le liniment avec lequel il faut qu'on lui frotte les jambes, car les douleurs la dévorent comme des chiens.

Ces Grillot ont l'air de ne pas savoir s'arranger.

— Votre mari gagne pourtant de bonnes journées.

— Oh! c'est un fort travailleur.

— Il ne boit pas?

— Il ne se saoule jamais, et il ne mange pas plus qu'un autre; seulement il a besoin de ses trois litres par jour et de six œufs au repas de midi, sans ça il ne serait propre à rien.

L'aîné des garçons, qui a dix ans et qu'on appelle

Bic-à-l'œil parce qu'il louche, paraît insupportable. Quand il va chercher du lait chez une voisine, il mange toutes les groseilles en fleurs du jardin.

Il va aussi chercher le pain et, comme le pain est rond, il le fait rouler sur la route.

S'il veut apporter deux pains à la fois, il ne s'avise qu'en route de faire deux voyages. Il laisse un pain au bord du fossé et le retrouve plus tard dans les moutons.

Le père, de haute taille et d'aspect terrible, ne possède qu'un petit souffle de voix. Il a attrapé ça en dormant sous un noyer. C'est malin, le noyer! A cause de ce filet de voix, l'homme est timide pour parler au monde, mais il doit être bon papa : dès qu'il rentre, les petits lui sautent au cou.

Bic-à-l'œil profite de la maladie de sa mère. Elle lui demande à boire: il rit. Ce matin, comme elle souffre trop et qu'elle est seule, il lui frotte les jambes avec du liniment, et elle ne peut plus l'arrêter. Il voudrait enlever la peau.

Il n'est pas toujours mauvais gars. Il sait s'asseoir sur une chaise et mettre ses pieds sur une autre chaise afin que sa petite sœur Adèle reste d'aplomb entre ses genoux. Tandis qu'elle joue sur la chaise où sont les pieds, il joue lui-même au creux d'un tablier.

Sa mère lui dit :

— Voilà vingt sous; achète un quart de clous pour ferrer tes sabots et ceux de tes frères; mais ne perds pas la pièce, je n'ai que celle-là!

Bic-à-l'œil croise sur son chemin une voiture de

boucher ambulant, et, bientôt, de la pièce de vingt sous, il rapporte un sou, plus dix-neuf sous de gras, de peau et d'os — de viande, dit-il, de pourriture, dit sa mère — qu'il a eu le bon cœur d'acheter exprès pour elle.

Le voilà encore dans les prunes de la Chalude ! Elle l'attrape et lui tire les oreilles. Il ne crie pas, mais, à peine a-t-elle le dos tourné que, sauf votre respect, il se pose, culotte bas, sur la margelle du puits.

La femme Grillot, debout grâce à quelque bonne nourriture, porte un matin la soupe à son homme et confie à Bic-à-l'œil le frère cadet et la petite sœur Adèle. La mère partie, Bic-à-l'œil se sauve. Adèle réussit à tomber de sa paillasse, marche à quatre pattes jusqu'au fond du jardin, et sa mère la retrouve endormie, presque nue, dans la haie. Quant au cadet, il bourrait le poêle de paille et s'exerçait à y mettre le feu en faisant craquer des allumettes.

Si elle veut que ses garçons aillent à l'école il faut qu'elle les y mène par la main et ne les lâche pas à la grille. Elle n'y tient guère, parce qu'ils n'ont que la chemise qui est sur leur dos.

L'instituteur ne les réclame plus: ils mettent l'école en révolution. Le délégué cantonal ne se risque pas à faire du zèle. Voyez-vous la commission scolaire se réunissant pour adresser des reproches au chef de famille Grillot?

Fier déjà comme un homme depuis longtemps privé de ses droits civiques, si on affichait, par mesure vexatoire, ses nom, prénoms et qualités à la porte de la mairie, il irait les lire avec orgueil.

— Ils apprenaient si bien à Lormes! dit la mère.

Elle dit le lendemain :

— C'est comme à Lormes: on n'en pouvait rien faire. Il faudrait les attacher !

Qui les attachera?

Elle ne s'en occupe plus et donne tous ses soins maternels à quatre pinsons et à une dizaine de perdreaux qu'elle élève avec des œufs de fourmis. Elle se croit si bonne mère qu'elle demande, furieuse de ne pas l'obtenir, un petit de l'Assistance.

Les gamines qui dansent des rondes sur la route ont peur d'effleurer, avec leurs jupes, Bic-à-l'œil, le cadet et Adèle vêtus de loques. Elles jettent en arrière un coup d'œil, font la moue et cambrent la taille.

Le cadet, nu-tête, pousse des moutons devant lui. Le berger distrait et le chien le laissent faire. Il butte et tombe comme un gamin qui ne peut pas se tenir sur ses jambes. Il se relève avec une grimace et regarde le berger qui ne s'est aperçu de rien. Faut-il hurler ou dévorer sa honte? Le cadet hésite. Heureusement, il y a là-bas un petit mouton qui s'attarde à une touffe d'herbe. Le cadet se précipite vers lui et tape dessus, à coups de poing, à coups de pied, jusqu'à ce que le petit mouton bêle de douleur à la place du cadet.

Notre beau coq a disparu le jour de Noël. Les recherches sont inutiles. On soupçonne des mariniers, les forains d'une roulotte, diverses bêtes de proie. On ne retrouve pas une plume. Les Grillot ne disent rien.

Les deux frères cassent des cailloux au bord du

chemin, l'aîné avec une vraie masse et le cadet avec un marteau ordinaire. Adèle, assise, reçoit partout, sans broncher, les éclats de pierre.

Le plus sérieux n'est pas Bic-à-l'œil, qui possède la lourde masse: c'est le cadet, qui n'a que le marteau pour enfoncer des pointes.

A chaque instant, il s'arrête, ramasse une bouteille vide déposée au frais dans les orties, et il boit à longs traits, comme un rude travailleur.

— Combien gagnes-tu?

Il rougit, le cadet! Il est trapu, déjà solide; ses cheveux noirs sont serrés comme une calotte; ses chaussettes molles retombent à la mousquetaire; ses yeux francs regardent droit et n'ont jamais vu les lumières du nez.

— Tu ne te fais pas payer?

— Non.

— Est-ce qu'on travaille pour rien?

Il paraît ébranlé, prêt à jeter son marteau, mais l'amour-propre le soutient.

— Oh! j'en casse, dit-il, parce que j'ai le temps, pour m'amuser.

La femme Grillot pense au coq. Elle dit:

— Le jour de Noël, j'ai vu rôder un gros chien noir.

Bic-à-l'œil aime beaucoup lancer des pierres dans les portes et, quand on lui crie: " Sale gars possédé du diable! " il répond simplement:

— Marde!

C'est du français, avec une seule lettre de patois.

La cadet aime mieux se glisser, entre les piles de

bois, jusqu'aux mariniers qui font du feu et saler leur soupe avec des poignées de sable.

La femme Grillot pense toujours au coq.

— Nous avons bien fait réveillon, dit-elle : nous nous sommes régalés de pommes de terre au lard.

Pour montrer comme sa serpe coupe bien, Bic-à-l'œil frappe à droite et à gauche et vous fait voler des orties piquantes par la figure.

Il faut craindre aussi la serpe.

Ils chipent des noisettes pas mûres dans le pré de l'âne, et Gloriette leur dit sans colère :

— Vous n'avez pas de raison. Est-ce qu'on entre dans un pré où il y a un âne !

Bic-à-l'œil fuit par un trou de la haie.

— Emmène au moins ton frère !

Mais Bic-à-l'œil ne se retourne pas, et le cadet, qui tient un chapeau plein de noisettes, pousse des cris.

— Ne crie pas comme ça, on va croire que je t'égorge.

Le cadet redouble, les yeux secs.

— Je te ramène chez toi, dit Gloriette, je ne te touche pas !

Elle le reconduit à la maison des Grillot. L'homme, qui bêchait un coin du jardin, la voit venir.

Bic-à-l'œil s'est collé derrière lui.

— Je ne veux pas qu'ils jouent dans ce pré, à cause de l'âne, dit Gloriette. L'âne n'est pas méchant, mais si une mouche le piquait !

L'homme la fixe d'un œil noir.

— Garde tes noisettes, mon petit cadet, dit Gloriette, je te les donne ; tu pourras revenir en chercher, mais demande d'abord la permission, n'est-ce pas, monsieur?

L'homme appuyé sur sa bêche ne souffle mot.

Gloriette se sent mal à l'aise, et il faut qu'elle fasse effort pour ne pas dépasser la mesure en embrassant le cadet.

L'homme a l'air aussi terrible le dimanche que les autres jours. Il se promène le nez au vent, le chapeau en arrière, les mains dans les poches, et il fait sonner pour rien ses bottes ferrées qui ne le quittent jamais. Parfois, il va à la pêche, avec un fil au bout d'une baguette fraîchement écorcée, et ce géant rapporte un petit poisson.

— Est-ce que quelqu'un t'a donné la permission de grimper à cet arbre?

— Non, personne ne me l'a donnée, dit le cadet avec franchise.

Et il dit à Bic-à-l'œil que je ne voyais pas dans les feuilles :

— Secoue! Secoue!

Bic-à-l'œil secoue en effet une branche et s'efforce de faire tomber les œufs d'un nid qui est au bout.

— Tu ne sais donc pas que c'est défendu de détruire les nids?

— Non.

— Je vais te l'apprendre, moi!

Oui, mais comment?

Le mieux est de n'avoir rien dit et de s'intéresser à une gymnastique périlleuse.

Qu'est-ce qui va tomber? Les œufs ou Bic-à-l'œil?

— Et votre coq, demande la femme Grillot, en avez-vous des nouvelles?

— Pas encore.
— Oh! il eſt bien perdu!
— Je le crains.
— Si j'apprends quelque chose, je vous le dirai.

Suivi du cadet et d'Adèle, Bic-à-l'œil descend avec deux seaux, un dans chaque main, chercher de l'eau à la fontaine. Tout à coup, il dit : “ Je suis malade! ” s'assied sur une borne, et la tête entre ses mains, il vomit du vin rouge. Le cadet et Adèle empoignent les seaux et gambadent autour du frère. Il se dresse bientôt et, pour se remettre d'aplomb, crie tout ce qu'il sait jurer.

C'eſt déjà une vieille habitude chez lui de boire comme père et mère.

Il monte sur le grenier où est la feuillette et boit à même la canelle. S'il a pu attraper un morceau de viande crue, il le fait cuire et se régale tout seul, à côté de la feuillette.

Ce soir, ils finissent la journée au bord de la fontaine. La mère , qui était aux champignons, les y retrouve et rentre tard, avec eux. Devant la borne, elle remarque le vin rouge.

Le cadet et Adèle lui disent :

— C'eſt le frère!

Elle ne le gronde pas, mais, amusée, elle aussi, elle cherche, au crépuscule, à reconnaître en détail tout ce qu'avait rendu Bic-à-l'œil malade.

Bien sûrs d'être seuls à la maison, les deux frères essaient la petite Adèle.

Ils tirent la sonnette pour faire enrager Ragotte. Elle ouvre la porte : ils sont déjà au travail sur leur tas de cailloux.

De nouveau on entend :

— Va! dépêche-toi!... Pincé!

Ragotte en a peur. C'est à peine si elle ose leur dire :

— Vous fâchez le monsieur qui est dans ses écritures.

Comme la sonnette retentit encore, j'y vais, moi, et je leur demande d'une voix forte s'ils n'ont pas bientôt fini?

D'abord interloqués, les petits Grillot se regardent, s'encouragent et rient.

— Vous feriez mieux d'aller à l'école!

A ces mots, le cadet et Adèle ne peuvent que rire davantage, mais Bic-à-l'œil fourre ses deux doigts dans sa bouche et m'adresse énergiquement le coup de sifflet que je mérite.

C'est Philippe qui en débarrasse le village excédé. Un homme de Crazy, qu'il rencontre, lui dit :

— Les Grillot veulent louer ma maison à Crazy. C'est pour que Grillot se rapproche de son travail. Les connais-tu?

— Nous sommes voisins, répond Philippe.

— C'est du monde convenable?

— Il n'y a pas meilleur.

— Ça paie bien?

— Tu peux être tranquille. Le Grillot gagne des six francs par jour!

— Je me méfiais, dit l'homme de Crazy: je vois que j'avais tort, je cours régler l'affaire tout de suite. Je ne la laisserai pas échapper.

Le visage de Philippe s'éclaire parce qu'il vient de jouer un bon tour.

Une semaine après, les Grillot quittent le pays avec leur butin.

Ils vont bien me manquer.

Merlin

I

Il gambille, il gambille, tout en os, avec un long nez qui le raccrocherait sûrement quelque part s'il faisait une chute.

Il a l'air d'un pauvre homme autrefois écrasé. Pour le consoler de sa misère, je me plains de la mienne.

— Oh ! je ne suis pas en peine de vous, me dit-il, et vous irez bien jusqu'au bout. Vos enfants ne vous renieront jamais. Les miens voudraient déjà me voir mort.

On appelle sa femme l'Ecumée parce qu'une petite vérole lui a criblé de trous la figure. Merlin, qui n'est pas du pays, était venu au village pour se marier avec la sœur de l'Ecumée. Tout allait bien, mais cette sœur fantasque lui dit, la veille du jour des noces :

— Moi, je ne me marie plus ; épousez ma sœur, si elle vous plaît.

Merlin, qui tenait à ne pas s'être dérangé pour rien, prit l'Ecumée.

Ils eurent beaucoup d'enfants (je ne me rappelle jamais le nombre exact) et ils furent toujours malheureux.

Cela ne veut pas dire qu'ils font mauvais ménage: cela veut dire qu'ils ne cessent de vivre dans la misère.

Merlin lutte comme il peut.

II

Ce matin, il jette deux collets sur ma table et me dit :

— Je viens encore de faire un bon coup pour les chasseurs. J'ai trouvé ces deux collets-là sur les Croisilles. C'est ce sale gars de Barget qui les pose; moi, je les lève quand je passe. L'année dernière, j'en ai arraché plus de quinze!

— Il n'y avait rien dedans?

— Non, non! Barget les visite avant moi. Il est plus matinal. A trois heures, il ramasse tout; il ne me laisse que les collets. Je les brise, et il est obligé d'en mettre d'autres. A force, je finirai par le dégoûter. Mais, si le gars me pince, il me cassera un pieu sur les reins. Je vous jure que l'année dernière j'ai détruit plus de vingt cravates. Je ferai encore mieux cette année. Les chasseurs devraient bien me payer une médaille et, de temps en temps, un litre.

Je n'ai pas de médaille, mais j'offre à boire à Merlin, d'autant plus volontiers que, les deux boucles de fil de fer jaune qu'il m'apporte, il les avait posées lui-même; et il les a reprises parce qu'elles se rouillaient et qu'il était las de ne rien attraper avec.

III

Quant à la sœur toquée, personne ne cherche à

savoir ce qu'elle devient. On ne parle d'elle que pour raconter l'histoire de son mariage manqué et l'histoire du puits qui n'a aucun rapport avec la première.

Elle s'est jetée un soir dans le puits du bois des Chênes. Pourquoi? On ne sait pas.

Elle y a passé la nuit sans se noyer. Ses jupes formaient ballon autour d'elle, et, le puits étant presque vide, elle pouvait se tenir droite et danser au fond, sur la pointe des pieds, et crier de toutes ses forces.

Le lendemain matin, deux hommes de Crazy, qui allaient faire des fagots, la retirèrent du puits. Elle était furieuse, plus maboule encore, et, loin de les remercier, elle leur dit :

— Vous n'entendez donc pas quand on vous appelle?

IV

Merlin rentre chez lui, par les prés, le soir d'une journée de travail aux carrières, de plus en plus las et desséché, tirant sa jambe gauche qui traîne comme s'il venait de l'arracher d'un piège.

Avec tous ces bruits de guerre, il ne faut pas espérer qu'on renverra le dernier de ses garçons dans ses foyers comme soutien de famille.

— Ils ont peur, lui dis-je, à l'armée, de manquer de soldats, et votre fils doit être un bon soldat.

— Oui, dit Merlin, il y a de la belle jeunesse! C'est le moment de l'écrabouiller pour que le curé et le noble reprennent le dessus.

— Nous n'en sommes pas là!

— Vous avez, dit-il, un fameux tas de papiers sur vos genoux!

— Il faut bien lire les journaux pour se mettre au courant.

— Quelles nouvelles? demande Merlin.

— Bonnes.
— On ne parle plus de se calotter au Maroc?
— Non.
— Tant mieux!
— Vous ne risquez rien, vous, Merlin, avec vos soixante-cinq ans.
— J'ai trois gars, répond Merlin; ils partiraient tous trois, et moi aussi, et personne ne pourrait m'en empêcher.
— Mon pauvre Merlin! On marche vite, à la guerre.
— Je louerai un âne de trente sous par jour, et je suivrai en voiture.
— Avec un fusil?
— Oui, avec un vieux fusil de chasse que n'importe qui me prêterait, et chargé à plomb. Pas besoin de balles, rien que du numéro huit! Et je les salerais! Oh! j'en poivrerais quelques-uns avant de faire la culbute. Je ne laisserais pas tuer comme ça mes trois gars; j'ai eu trop de mal à les élever. Et je ne viserais pas les soldats, moi: je viserais les chefs.
— Oh! oh! Merlin! Quels chefs?
— Tous ceux qui ne m'auraient pas convenu... Enfin, puisqu'on s'arrange!... Mais ce n'est pas trop tôt; ils finissaient par m'agacer, à leur Algésiras. J'avais envie de faire le voyage et d'aller les secouer.
— Secouer qui, Merlin?
— Les diplomates. Y a-t-il de l'eau, là-bas?
— Elle ne manque pas: c'est au bord de la mer.
— Oh! alors, s'écrie Merlin, ils l'ont échappé belle. Je n'y tenais plus. Demain ou après-demain je filais comme je vous le dis, j'arrivais sur eux, par derrière, et je les f... dedans!

Les Mignebœuf

I

Sans compter les fausses couches, la femme de Mignebœuf lui a donné six enfants, qui vivent tous. A chaque baptême il offre aux amis un brouſtillon, c'est-à-dire un repas où il ne ménage rien. Au dernier baptême, comme il s'emplit de bonnes choses, la marraine lui crie :

— Bourrez-vous, Mignebœuf: j'espère bien que c'eſt le dernier des derniers?

Mais Mignebœuf :

— Je ne dis pas ça, moi! Qu'il en arrive d'autres, qu'ils viennent autant qu'ils voudront! Je n'ai pas besoin de me gêner, je suis marié avec une femme, je me sers de ma femme. Et puis, il y a les fausses couches, hein? fifille.

Fifille, qui reprend des forces à table, réplique, la bouche pleine :

— Tais-toi, cochon!

Eſt-ce un cri de révolte ou d'amour?

On ne sait. Les personnes bien renseignées rapportent qu'elle va se décider tout de même à prendre des précautions avec un sabot percé où s'adapte un tube de sureau sans moelle.

II

La femme Grillot semble d'abord avoir le dessous, et elle laisse dire la femme Mignebœuf, mais d'un mot elle se rattrape :

— En tout cas, moi, dit-elle, je n'ai pas fait de bête !

Comme touchée au ventre, la Mignebœuf ne sait plus que pleurer.

Pâle comme un mur au clair de lune, elle relève de sa troisième fausse couche. Mignebœuf a creusé un trou dans le jardin pour y mettre le mort-né. Le garde champêtre l'apprend par cette dispute des deux voisines. Il connaît encore mal ses devoirs; il craint d'être inquiété et va trouver la sage-femme.

— C'était bien un mort, dit-il.

— Une fausse couche de huit mois, répond la sage-femme.

— Vous savez ce qu'ils en ont fait?

— Ça ne me regarde pas.

— Si c'était une bête, ils avaient le droit de la jeter dans le jardin. Les cimetières ne sont pas inventés pour les bêtes. Si c'était un enfant, ils devaient d'abord le déclarer à la mairie, et ensuite ne pas le priver de sépulture. Etait-ce une bête ou un enfant?

— Un enfant, dit la sage-femme.

— Vous êtes sûre?

— Oui, dit-elle.

— Vilain?

— Un enfant mal fini, dit la sage-femme, avec une tête plate, sans cou, un pied tortu.

— Des pieds ou des pattes?

— Des petites jambes qui tournaient à droite et à gauche comme des pattes.

— Un singe? dit le garde. Il y en a qui se sauvent sous le lit.

— Je n'ai jamais vu ça, dit la sage-femme. Je vois quelques monstres comme leur petit.

— Un monstre, dit le garde scrupuleux; alors, c'était une bête!

— Non, non; mais un enfant pas beau. J'en tire plus d'un pareil.

— Puisque c'était un enfant, ce n'était donc pas une bête, dit le garde.

Il donna l'ordre aux Mignebœuf de déterrer l'objet. Ils le débarbouillèrent à grande eau, et, après l'avoir placé dans une petite caisse en bois, on le porta au cimetière où va le monde.

III

— Vous avez donc tué un poulet? demande Gloriette qui regarde chez Fifille, des taches rouges sur le sol.

— Oh! non, madame, mais aujourd'hui je ne suis pas bien.

Fifille ignore l'usage des serviettes. C'est pourquoi le sang goutte par terre, et elle dit à André, qui a neuf ans :

— Essuie donc ça, petit!

IV

Fifille fait peur à voir. Elle tourne au vert transparent. Elle se tient debout parce que le vent ne souffle pas fort.

Après sa fausse couche, elle a réussi à garder son

lait, en se faisant téter par Mignebœuf au moyen d'une pipe, et elle voudrait un nourrisson. Munie du certificat que le médecin signe d'ordinaire à la femme d'un électeur la veille d'une élection, elle vient à Paris chercher un enfant.

Mais au bureau central de l'Assistance publique, on l'examine de près et on lui refuse le nourrisson.

Fifille, de retour au village, en est quitte pour dire :

— Ils me l'ont bien donné, mais il ne me plaisait pas et je l'ai rendu.

Le petit œil gauche de Mignebœuf s'allume et les mains lui frétillent :

— Recommençons ! dit-il.

L'Ivrogne

Il sort, le lundi soir, de l'auberge où il vient de payer, selon son habitude, en jetant au milieu de la salle tous les sous qu'il avait dans sa poche. L'aubergiste les ramasse et les met de côté. Ils règleront plus tard.

L'ivrogne chante et titube d'un caniveau de la rue à l'autre, quand il aperçoit, sur le pont du village, M. le Maire qui cause avec un étranger.

La figure de l'ivrogne s'épanouit; sa main droite tendue de loin, il s'approche, sourit à chaque pas, et sans s'occuper de l'inconnu, il dit :

— Bonjour, monsieur le Maire.

Monsieur le Maire, gêné, répond à peine.

— La main, monsieur le Maire.

— Laissez-nous, dit M. le Maire, je cause avec monsieur.

— Je ne vous empêche pas de causer, dit l'ivrogne; donnez-moi une poignée de main.

— Non.

L'ivrogne, étonné, laisse son bras tomber comme une branche qui casse.

— Vous refusez ma main?

— Oui, vous n'êtes pas en état.

— Je ne suis pas en état, moi?

Ces messieurs profitent de sa surprise pour lui tourner le dos; mais, par une manœuvre adroite, l'ivrogne va se placer devant eux.

— Pas en état? moi! Qu'est-ce que vous dites?

— Je vous dis de ne pas nous embêter.

— Ah! monsieur le Maire, permettez! réplique l'ivrogne, qui se redresse et se tient debout, grâce au parapet.

Puis sa dignité s'effondre, il apporte sa main jusqu'au ventre de M. le Maire, et il attend, gracieux.

— Fichez-moi la paix, dit M. le Maire, ou j'appelle le garde champêtre.

— Il fait sa tournée sur les chaumes, dit l'ivrogne de son air le plus malin.

— Je vous flanque moi-même un procès-verbal.

— A moi, un républicain?

— Joli républicain! dit M. le Maire; vous savez bien que j'aime mieux un réactionnaire à jeun qu'un républicain saoul.

— Vive la République! s'écrie l'ivrogne.

— Voulez-vous vous taire?

— On ne peut plus crier: Vive la République? Alors: Vive monsieur le Maire!

— Qu'il est assommant, cet animal-là! dit M. le Maire. Allons causer ailleurs.

Mais quand il revint seul, l'ivrogne était toujours sur le pont. Il regardait couler l'eau, et semblait, par ses hoquets, approuver la rivière.

M. le Maire passa sur la pointe du pied; dès qu'il posa ses talons à terre, il entendit l'ivrogne crier :

— Monsieur le Maire! Monsieur le Maire! Excusez... vous aime, saoulerai plus... si pardonnez pas, me noyer!

Et l'ivrogne essayait de courir, poussant des cris de remords et de tendresse.

M. le Maire marchait de la vitesse d'un homme qui se hâte et ne veut pourtant pas avoir l'air de fuir.

Il lui parut qu'il gagnait du terrain. En effet, l'ivrogne, bientôt las, s'arrêta, stupéfait de n'être pas compris, et, après un balancement silencieux où il reprenait des forces, il cria de toute sa voix enrouée :

— Cochon!

Les routes étaient désertes. Personne n'entendit, sauf M. le Maire qui, bien sûr d'être seul, put se permettre de faire le sourd.

Le Vieux Couple

Elle a plus de soixante-dix ans et lui plus de quatre-vingts.

Ils viennent de manger la soupe et sont assis sur le banc de leur porte.

Gloriette passe et dit :

— Toujours ensemble?

— Oui, dit la vieille.

— Vous ne pouvez pas vous quitter.

— Non, dit le vieux qui fume sa pipe.

— Mais vous êtes trop loin l'un de l'autre! Il y a encore de la place entre vous deux. Rapprochez-vous, serrez-vous!

— On s'écornillerait, dit la vieille.

— Vous avez donc des cornes?

Le vieux ôte la pipe de sa bouche et répond, sans regarder la vieille :

— Elle n'en a pas.

— Et lui? demande Gloriette.

La vieille ne répond pas.

Le vieux répète :

— Moi, je ne sais pas si j'en ai, mais elle, je suis sûr qu'elle n'en a point.

— Eh ! bien, dit Gloriette à la vieille, parlez à votre tour. Oui ou non, en a-t-il ?

Mais, près du vieux inquiet peut-être, devant Gloriette à la fin gênée, la vieille reste impénétrable. Avec un sourire vague, au passé sans doute, elle fixe le chêne qui là-bas s'endort dans le crépuscule, et elle garde, pour elle, l'avantage trouble du silence.

Le Casseur de pierres

C'est celui-là dont le dernier fils me disait : — " Il a eu neuf enfants. Hein? Il faut montrer son derrière au plafond pour en avoir autant!"

Ils sont d'ailleurs presque tous morts. Ils meurent avant le père, parce que la mort les prend trop vite, et aussi parce que le père a la vie dure. A son âge, Calot ne peut pas demander de ne voir mourir que des vieux.

Une de ses filles, qui est veuve, habite chez lui et tient la maison. Ils ne s'entendent pas toujours. Il arrive que Calot boude, refuse de manger à la table et fait sa soupe lui-même, à part. Pour se venger sa fille soigne le fricot qui sent bon, et le vieux rage, dans un coin, le nez à son écuelle.

Ce soir, agenouillé sur sa veste, le dos au soleil, il casse des pierres pour la commune. Elle les lui paie quarante-cinq sous le mètre, et il n'en casse pas un demi-mètre par jour. Il faut taper; elles sont dures, et il les casse en conscience, fin comme sucre.

— J'en casserai tout l'hiver au même prix si la commune veut, dit-il. Je ne demande que du travail. Je n'ai pas besoin, moi, qu'on me donne du café comme à quelques-uns. Du café !

— Quel café? De quoi parlez-vous, Calot, et de qui?

— Je sais bien ce que je veux dire.

— Dites-le.

Calot place une pierre d'aplomb et ne répond pas.

— Vous voulez parler, sans doute, du café que la commune distribue avec du sucre le 14 juillet?

— Oui.

— Aux pauvres qui sont sur la liste des indigents.

— On se passe de café; le pain suffit.

— La commune donne du pain aux indigents toute l'année. Le jour de la fête nationale elle varie un peu.

— Le café, le sucre, c'est de la friandise.

— Précisément, ça leur fait plaisir.

— Ça ferait plaisir à tout le monde.

— La commune n'est pas riche. Elle ne peut penser qu'aux pauvres inscrits sur la liste.

— Je ne sais pas, moi.

— Je le sais, moi, Calot!

— Moi, je ne le sais pas.

— Vous pourriez le savoir. Vous êtes électeur. Renseignez-vous.

— Je sais déjà quelque chose.

— Que savez-vous?

— Il y en a sur la liste du pain qui ne devraient pas y être.

— Qui?

— Je les connais.

— Lesquels?

— Ils ont de l'argent placé, et, quand on a de l'argent placé...

— Où ça? Parlez donc, Calot!

— Ce n'est pas à moi de le dire.

— Comment voulez-vous que je le devine?

— Je ne veux faire de mal à personne.

— Alors ne dites rien ou dites tout.

— Je l'ai dit.

— A qui?

— A des conseillers.

— Auxquels?

— Ils le savent bien.

— Quand on dresse la liste, ils ne répètent pas ce que vous leur avez dit.

— Ils ont tort.

— Certainement, et vous aussi, Calot. Pourquoi refusez-vous de me dire ce que vous dites à d'autres? Allons! il est toujours temps.

— Non, non.

— Puisque vous réclamez!

— Je ne réclame pas.

— Votre tour peut venir.

— J'ai ce qu'il me faut.

— Maintenant, oui, parce que malgré votre âge vous travaillez.

— Si je gagne dix sous par jour, c'est dix sous.

— Et votre fils vous aide?

— Je ne me plains pas de mon garçon.

— Et de votre fille?

— Je ne me plains pas de ma fille, je ne me plains de personne, je ne me plaindrai jamais; quand je n'aurai plus de pain...

— On vous mettra sur la liste à votre tour.

— Je ne dirai pas que je n'ai plus de pain.

— Ça se verra. On vous portera malgré vous.

— Je sais ce que je ferai.

— Vous vous tuerez?

— J'ai mon idée.

— Gardez-la. Vous n'êtes pas raisonnable, Calot! C'est difficile, d'être juste, vous ne nous aidez pas. Vous votez et vous n'assistez jamais aux séances publiques pour vous assurer que chaque conseiller fait son devoir.

— Nous autres, on n'ose pas, dit Calot.

— Pourquoi? Vous avez peur d'être mis en prison? Vous êtes malheureux et défiant, et votre orgueil ne vous empêche pas de vous plaindre, mais c'est en cachette, comme une vieille femme, comme la Caraboune ou comme Clémentine. Vous avez soixante-quatorze ans passés, Calot: quand aurez-vous de la sagesse?

Il me répondra une autre fois. Il feint d'être tout à un travail qui presse plus que nos bavardages, et il n'a pas trop de ses forces pour taper, à coups réguliers, la masse serrée dans ses deux mains, sur une pierre qu'il tourne et retourne, et qui est aussi dure que sa tête.

Le Cousin de Rose

— Tu ne sais donc pas la nouvelle? dit Bargette entrant chez Rose.

C'est que Rose a l'air de ne rien savoir! Elle ne paraît ni émue, ni même préoccupée. Elle surveille une marmite à la crémaillère et ne se retourne pas pour demander :

— Quelle nouvelle?

— Ce qui arrive à Jacques!

A ce nom, Rose regarde Bargette et voit que ses petits yeux brillent et que ses lèvres tremblent sous la pression des mots prêts à s'échapper.

— Assieds-toi, lui dit-elle.

Elle le dit d'un ton léger, comme une femme simplement polie, mais elle veut dire :

— Ne reste pas debout, j'entendrais mal; choisis une place commode où tu seras à l'aise pour bien me raconter tout.

Bargette feint de n'être pas plus pressée que Rose.

Ce sont les meilleures amies du village. Elles viennent de passer toutes deux la quarantaine.

Elles s'aiment sans trop se le dire, voisinent l'une chez l'autre et s'estiment autant pour leurs défauts que pour leurs qualités.

Elles ne se ressemblent pas du tout, Bargette petite, maigre, sèche, agitée et taquine, Rose forte et fraîche, appétissante, paisible, moins bavarde que l'autre et plus crédule. Elles se fâchent rarement; c'est toujours par la faute de Bargette, et les brouilles durent peu, parce que Rose s'ennuie vite et qu'aucun amour-propre ne l'empêche de revenir la première.

Bargette, sûre de son effet, prend le temps de souffler.

— Tu as couru? dit Rose.

— Oh! courir! Je n'ai plus de jambes, mais il fait chaud.

Rose ne lui offre pas à boire. Elles ont renoncé à ces cérémonies qui finissent par être coûteuses, quand on se fait trop de visites, où personne ne gagne puisqu'il faut toujours rendre. Ces deux amies n'acceptent de se rafraîchir que chez les autres.

Bargette, ayant soufflé, ne parle pas tout de suite, et Rose, qui la connaît, a le courage de ne pas interroger. Elle s'était assise, elle se dressse pour jeter une poignée de sel dans la marmite qu'elle observe avec intérêt. Bargette, piquée, se décide par le plus long :

— Ton homme est là? dit-elle.

— Non, dit Rose, Polyte arrache des pommes de terre, il ne reviendra qu'à l'heure de la soupe.

— Quelle soupe fais-tu?

— Une soupe à l'oseille.

— Jacques l'aimait-il, la soupe à l'oseille, quand il prenait pension ici?

— Oh! il mangeait de toutes mes soupes! Il en avalait plutôt deux assiettées qu'une!

— Tu le nourrissais bien?

— De mon mieux, dit Rose, je variais les menus, je n'épargnais ni le beurre ni la viande; j'allais à la boucherie chaque semaine.

— Pourquoi n'est-il pas resté ?

— Je te l'ai déjà dit, Bargette, je n'en sais rien.

— Tu lui prenais peut-être trop cher?

— Quarante francs par mois! Je n'avais aucun bénéfice. Après la mort de sa mère, il ne savait où aller, il fallait bien le recueillir, un garçon, un cousin! J'ai mis son assiette une fois, deux fois. Ça l'arrangeait. Il a offert ses quarante francs. Puis, un soir, au bout de six mois, il n'est plus revenu.

— Sans donner d'explications?

— Sans dire merci.

— Et quand il te voit?...

— Oh! ma pauvre Bargette, s'il passe devant la porte, il ne salue pas. Mais veux-tu savoir la vérité? Quand tu m'as dit que Jacques prenait pension chez les Morin, j'ai été bien aise pour lui et pour nous. Polyte et moi nous en avions assez, et Jacques est mieux chez les Morin que n'importe où. Qu'il y reste!... Je vas au jardin chercher de l'oseille.

Mais Bargette se lève pour se mettre à la hauteur de Rose et dit :

— Jacques n'est plus chez les Morin.

— Ah! fait Rose qui s'assied, molle de surprise, et force Bargette à se rasseoir.

— Tu es seule à l'ignorer ou à faire semblant, dit Bargette. Jacques et Mme Morin s'amusaient.

Morin les a surpris à se caresser. Il y avait longtemps qu'il les guettait.

— Oh!

— Il attrape mon Jacques sous les bras, le traîne jusqu'à la porte et le jette dans la rue avec une volée de coups!...

— Oh!... oh!...

— Ensuite Morin prend les outils de Jacques, sa carnassière de maçon, ses marteaux, ses truelles, et les lui flanque à la tête; ensuite il calotte la femme d'importance.

— Oh!... Oh!... Oh!... fait Rose, les mains jointes.

— Voilà, dit Bargette; c'eſt arrivé hier soir, vers six heures.

— Et Jacques?

— Des gens l'ont ramassé: il ne pouvait pas se tenir debout. Il eſt allé se mettre au lit. Il n'a pas reparu.

— Le malheureux! s'écrie Rose.

— Tu fais une drôle de figure, dit Bargette. Vas-tu rire ou pleurer?

— Je suis remuée, dit Rose. Nous sommes cousins.

— Tu n'es pas responsable.

— Oh! c'eſt bien fait pour lui! dit Rose avec fermeté. Ah! que je suis contente!

— Où va-t-il aller maintenant? dit Bargette. Il n'a guère le choix. Il reviendra peut-être ici.

— Chez moi? Par exemple!...

— Dame! puisque tu es sa seule parente!

— Ecoute, Bargette, dit Rose: je ne suis pas méchante, mais je te garantis que je le recevrais mal! Je te le jure sur la tête...

Comme Rose cherche une tête, les deux amies croient entendre une voix dehors. Elles écoutent et comprennent ces mots : “ Bonsoir, cousine ! ” Et c’est la voix de Jacques. Il ne se montre pas. On le devine là, collé au mur, tout près de la porte entr’ouverte.

— Ne bouge pas, dit Rose à Bargette.

— Ne réponds pas, dit Bargette.

— Si on fermait la porte?

— On ne saurait plus ce qu’il va dire.

— Bonsoir, cousine! répète Jacques.

Il ne doit entendre, lui, que le balancier de l’horloge et le ronron de la marmite.

— Vous ne voulez pas me dire bonsoir, ma cousine? Vous êtes bien fière! Allez-vous au moins me donner une assiettée de soupe? Je n’ai pas mangé depuis hier! J’ai faim, cousine Rose.

Il s’arrête après chaque phrase. Il dit : “ Vous êtes bien fière! ” d’un ton câlin, et : “ J’ai faim! ” d’une voix traînarde qui mendie.

— Tiens bon! dit Bargette à Rose.

— Polyte n’est donc pas là? demande Jacques. Il ne me refuserait pas, lui, une assiettée de soupe! Vous ne m’aimez plus, alors, cousine?

Comme elle ne répond pas, il entre, les mains dans les poches, la casquette en arrière. Il sourit, rasé de frais, débarbouillé, les moustaches pointues. Il s’assied sur l’arche à pain, les jambes pendantes et aperçoit Bargette au coin de la cheminée.

— Ne vous dérangez pas, dit-il.

— C’est aussi bien ma place que la tienne, répond Bargette.

— Vous pensiez déjà à m’acheter une paire de béquilles.

— C'est une chance que tu te relèves si vite, répond Bargette. Tu as pourtant reçu ta part!

— Les malins font le gros dos, dit Jacques, et les coups passent par-dessus.

— Qu'est-ce que tu veux? dit Rose pâlie.

— Je vous l'ai dit, ma cousine, une assiettée de soupe. Rien qu'une! je m'en irai après.

Rose, sans pouvoir répondre, sort et va au jardin couper ses feuilles d'oseille.

— Moi aussi, je fais de la soupe, dit Bargette restée seule avec Jacques, et de la bonne, à la crème!

— Y en aurait-il pour moi?

— Tu n'as qu'à me suivre.

— Je n'en veux pas, dit Jacques. Votre soupe sent le brûlé. Vous bavardez trop chez les voisins. C'est vous qui m'avez dénoncé à Morin, par jalousie. Vous perdez votre temps. Vous aurez beau me dénoncer encore! Ça ne vous rapportera jamais rien, jamais! Vous êtes trop laide!

Bargette n'essaie pas de nier et de se mettre en colère. Elle se précipite dehors comme une poule qui reçoit un bâton dans les pattes.

— Elle s'ennuyait avec moi, dit Jacques à Rose revenue.

Rose jette son oseille dans un seau d'eau, regarde Jacques et hoche la tête, les yeux pleins de larmes.

— Tu n'as pas de cœur! dit-elle.

— J'en ai trop, dit Jacques; c'est le cœur qui me perdra!

— Tu ricanes toujours! Tu n'étais donc pas bien chez nous?

— Oh! si.

— Manquais-tu de quelque chose?

— Oh! non.

— Je ne les prenais pas tout entiers, tes quarante francs !

— Il ne faut pas parler de ça, dit Jacques.

— Je ne réclame point, mais me quitter sans une parole !

— A quoi bon se dire des sottises?

— Tu la trouves donc mieux que moi, ta Morin?

— Vous êtes aussi belles l'une que l'autre.

— Tu n'es pas dégoûté ! Une blanchisseuse qui lave le linge de tout le monde !

— C'est une honnête femme.

— Morin ne dit pas comme toi ! Il t'a battu, hein?

— Ça ne compte pas, et, si j'avais voulu rendre...

— Tais-toi, il t'aurait tué. Maladroit ! Ici, tu n'avais rien à craindre.

— Non, Polyte n'est pas dangereux.

— Je suis curieuse de savoir ce qu'il dira.

— Rien, répond Jacques.

— Voudra-t-il qu'on te garde?

— Vous ne lui demanderez pas la permission. Me l'offrez-vous, ma soupe?

— On ne peut pas te laisser mourir de faim, mais rien que la soupe; fini, le reste !

— La soupe seulement, dit Jacques.

— Embrasse-moi d'abord, dit Rose qui a repris sa bonne mine.

Jacques se retient parce que voilà Polyte.

Au souvenir des coups reçus la veille, il éprouve quelque inquiétude, mais l'aspect de Polyte le tranquillise. Ce n'est pas le même homme que Morin.

Il porte, dans un panier pendu au bout de sa pioche, juste ce qu'il faut de pommes de terre pour qu'il n'ait pas l'air de ne rien apporter. Il marche lentement, sûr d'arriver assez tôt puisqu'il n'est pas parti du champ trop tard.

Il vit comme un homme qui n'a que le souci de vivre cent ans. Il ne boit qu'un verre d'eau-de-vie le matin, et il ne laisse pas une goutte au fond du verre : il croirait perdre une goutte de sa propre vie. Il fume trois pipes par jour et non quatre. Il ne possède qu'un ton de voix pour parler des choses tristes et des choses gaies, et il parle le moins possible. Il ne court jamais aux nouvelles et n'en a jamais à raconter. A la vue de Jacques, il dit : " C'est toi, Jacques?" et il n'en pense pas plus long.

Barnave

Chacune de mes visites me vaut un de ses souvenirs. Il me les raconte avec gaîté, bien qu'il soit gravement malade, sans jamais trop se plaindre, et, par précaution, il se moque de lui-même; il a une espèce d'esprit qui lui est personnelle comme une odeur.

— Oui, je le connais, votre Paris, me dit-il. Je l'ai habité un mois. La bourgeoise (sa femme) m'avait trouvé une place de valet de chambre chez les maîtres où elle était nourrice.

— Et vous y êtes allé, vous, Barnave, un ouvrier de village, un vrai paysan?

— Je m'ennuyais de ma femme, dit Barnave, et on gagne si peu au pays! Ils m'offraient soixante-dix francs par mois. Je payais mon vin. Je devais arriver sans moustaches. Si je tenais à mes moustaches, ce n'était pas la peine de me déranger. Avant de partir, je les ai coupées.

Le Bateau

Il y a, sur ce bateau qu'on voit glisser doucement au bord du canal, un homme, sa femme et leur fils sourd-muet. Le père boit et se conduit mal. Le fils n'est pas bête. On prétend qu'il sait écrire. Mais il déteste son père. Il trépigne, grogne, glousse, hurle et s'étrangle chaque fois que le père fait une fausse manœuvre. Il le jetterait dans le canal si sa mère qu'il craint ne le contenait. Elle les sépare habilement. Elle met le fils à l'arrière du bateau, au gouvernail, et le père reste à l'autre bout, avec l'âne qui tire. Elle, au milieu, s'occupe du ménage, lave le linge, surveille la soupe. Le père peut, sans regarder le fils, lui crier tout son saoul des injures et le traiter d'enfant de putain.

Elle est seule à l'entendre, et rien ne lui fait, pourvu que les deux hommes ne puissent pas se battre.

" Cette année-là, on jetait des bombes à Paris. Nos maîtres avaient peur. Le soir, je fermais toutes les portes, de la cave au grenier. Ensuite le vieux passait la revue; je marchais devant lui avec une bougie.

" Je faisais le service de mon mieux, mais j'étais surtout bon à frotter les parquets : je glissais à quatre pattes, comme un chien basset, et le vieux me surveillait. Assis dans un fauteil, il me désignait, du bout de sa canne, une lame de parquet moins reluisante que les autres. Je lui expliquais que toutes les lames n'ont pas la même couleur. Je connais le bois, moi, je distingue l'aubier du cœur de chêne. Mais le vieux, sans me répondre, maintenait le bout de sa canne au même endroit du parquet, et je repassais dessus.

" Souvent je plaçais mal les chaises à la table de leur salle à manger, une toute petite table où ils se tenaient droits et serrés. Ils n'avaient même pas la place de mettre les coudes. Le vieux m'appelait : " Jean! "

— Jean?

" Oui, il ne savait que ce prénom-là, Jean!

"Pourquoi ma chaise ne se trouve-t-elle pas en face de la chaise de madame?

" Il me fallait replacer les chaises et viser juste, comme si le vieux ne pouvait pas le faire lui-même.

" A quatre heures, les petits goûtaient dans la même salle à manger; ils laissaient tomber des miettes et j'astiquais encore, sous la surveillance du vieux, le bois si bien poli le matin.

" La vieille était plus commode que le vieux; j'aurais pu m'entendre avec elle, sans sa manie de chercher la poussière. " Jean ", disait-elle.

“ La vieille, elle, m’appelait Jean comme le vieux, mais pour une autre raison, parce que je m’appelle Louis et que le nourrisson s’appelait déjà Louis : on se serait embrouillé. Ils pouvaient m’appeler comme ils voulaient, je n’étais pas embarrassé pour répondre.

— “ Jean, disait-elle, qu’est-ce que cette tache?

—“ Un défaut de la lampe, madame, un défaut incrusté.

—“ Je le crois plutôt en relief, disait la vieille.

“ De son ongle pointu, elle suivait la rainure et ôtait la poussière.

“ Au fond, la vieille n’était pas méchante, mais il y avait trop de lampes; et rien que des quinquets à l’huile, pas une lampe à pétrole! Je n’en finissais plus de les préparer.

“ Au bout d’un mois, je suis parti. J’avais vu ma femme tout mon saoul et gagné mes soixante-dix francs.

“ En rentrant au village, je détournais la tête, honteux parce que j’étais rasé.

“ D’abord le menuisier ne me reconnaissait pas.

“ Puis il m’a reconnu et nous avons pris un verre ensemble. ”

Barnave voudrait lire, afin de se désennuyer, n’importe quoi. Comme il n’a jamais rien lu, on peut choisir pour lui. Mme Lepic, qui tient à être la première en tout, la plus obligeante et la plus rapide, apporte un gros livre et dit :

— Tenez, Barnave, lisez donc ce beau volume! Moi, quand je l’ai lu, ça m’a bien amusée.

Le beau volume à reliure rouge et fanée est là, au pied du lit, sur une chaise.

— J'ai essayé de le lire, me dit Barnave; j'avais tout de suite vu une image, une espèce de tête de singe qui me mettait en goût. Je croyais qu'on allait me raconter une histoire d'Amérique. A la vingtième page, je me suis arrêté. Je ne trouve pas ça amusant, Mme Lepic est moins bête que moi.

Je regarde le livre, un ancien prix de mathématiques décerné à l'élève Félix Lepic et qui dormait depuis des années dans une caisse du grenier. Cela s'appelle : " *Œuvres Scientifiques de Goethe.* "

— Et Mme Lepic vous dit qu'elle l'a lu?

— Oui.

— Et vous avez eu le courage d'en lire vingt pages?

— Vingt ou trente.

— Mon pauvre Barnave!

Il osait à peine avouer son ennui, mais ma figure l'encourage.

— Je n'y ai pas compris un mot, dit-il, riant de bon cœur, rassuré parce que je jette le livre sur la chaise et lève les bras au plafond.

Il a vu au château un livre qui occupe déjà plusieurs rayons et qui ne finit jamais; on devine que c'est la *Revue des Deux Mondes*.

Dans toutes ces photographies pendues au mur, je ne trouve pas le portrait de son beau-frère Eusèbe, mort l'année dernière.

— Si, si, il y est, dit Barnave, je l'ai mis devant le trou du tuyau de poêle.

— Je vois un cadre, dis-je, mais pas de portrait.

— La fumée a noirci le verre.

— Je vous assure que le portrait n'y est plus.

— Le monsieur a raison, papa, dit sa fille Louise. Ma grand'mère l'a ôté du cadre.

— La vieille! pourquoi?

— Parce que tu t'étais trop disputé avec mon oncle Eusèbe. Ma grand'mère croyait que tu mettais le portrait là exprès, par vengeance, pour le faire enfumer. Elle l'a retiré et elle le cache.

— Je ne m'en serais jamais aperçu, dit Barnave. Ça m'est égal, la vieille peut me voler le portrait de son Eusèbe, le cadre me suffit, et le trou de mon tuyau de poêle reste quand même bouché.

Depuis qu'il est malade il a déjà pris au moins cent cachets.

— Ah! dit-il, j'ai communié plus souvent qu'à mon tour, et je ne sais même pas ce qu'il y avait dans mes pastilles.

Il est allé voir un spécialiste à Paris.

— Ça vous coûtera quarante francs, lui disait le pharmacien, mais vous serez fixé.

Quarante francs, plus le voyage.

Il arrive, la blouse trempée par une averse (le valet de chambre lui faisait un œil!) chez le spécialiste, un vieux à grande barbe, décoré.

— Chevalier de la Légion d'honneur?

— Oh! plus... Il me reçoit tout de suite. Dame! vous pensez, des visites à quarante francs, il n'y avait pas presse.

Le spécialiste questionne, colle son oreille devant, derrière, le tapine partout, lui dit qu'il n'a rien de grave et ajoute :

— Vous avez trop travaillé, et vous ne vous êtes pas assez soigné.

Barnave est si content qu'il achète une montre à sa Louise dans un magasin où on le fait attendre plus d'un quart d'heure.

— Plaie d'argent n'est pas mortelle, dit-il.

Pour une fois, il le dit avec sincérité, et il revient sûr de guérir, mais à peine de retour, il se remet dans ses draps.

Est-ce qu'il ne va pas s'en tirer?

Il nous reçoit assis sur son lit, maigre comme une chèvre. Coiffé d'un bonnet de coton, il a l'air d'un homme brusquement rapetissé et vieilli.

— Je broute un peu de lait, dit-il.

Gloriette, tout de suite à son aise, interroge, explique et gronde.

— Où est votre ordonnance, celle de Paris?

— Sur la cheminée, Louise, passe le papier à madame.

— L'avez-vous lue?

— Oh! Je la réciterais par cœur.

— Le docteur sait-il que vous êtes allé voir un spécialiste à Paris?

— Non.

— Vous auriez dû le prévenir.

— Le pharmacien, qui m'a donné l'adresse de Paris, dit que c'est inutile.

— Le docteur l'apprendra par un autre.

— Tant pis, je ne veux pas le contrarier moi-même.

— Qu'est-ce que vous ordonnait le docteur?

— Des lavages d'estomac.

— Et le médecin de Paris?

— Il a écrit sur le papier: pas de lavage!

— Et il marque des pilules. Avez-vous pris vos pilules?

— Oui.

— Régulièrement?

— J'en ai pris une et demie.

— Pourquoi?

— La première ne faisait pas d'effet.

— Soyez patient, dit Gloriette.

— Je suis pressé de guérir, répond Barnave; la moitié de la deuxième m'a rendu malade toute la nuit. Je laisse les pilules.

— Et les nouveaux cachets?

— Ils sont là dans la boîte. Passe, Louise! Vous pouvez compter, il n'en manque pas un.

— Il faut les prendre.

— Oh! je les prendrai. Je veux bien avaler n'importe quoi, pourvu que je guérisse.

— Ce n'est pas vrai, dit Louise, il refuse de boire sa soude.

— Moi? Par exemple! apporte la soude!

— Ce n'est pas le moment, dit Gloriette. Mon pauvre Barnave, vous vous soignez mal.

— Je fais tout ce qu'on me dit.

— Voyons, aujourd'hui qu'avez-vous essayé?

— Des lavages.

— Mais le spécialiste vous les défend!

— Des fois ça me réussit.

— Et les frictions sur le dos, sur la poitrine, avec un linge humide et un gant de crin?

— Il n'y a pas de gants chez nous.

— Une serviette suffit; imbibez-la d'alcool et frottez légèrement.

— Il faut que ça marque! a dit le spécialiste.

— Légèrement et longtemps. Ça deviendra rouge. Vos voisins peuvent vous rendre ce service.

— Oh! les voisins! je les entendais dire hier, sauf votre respect: Cette fois il est f..., notre voisin.

— Votre fille, alors! Que Louise frotte de cette façon, tenez, en tournant. Qu'est-ce qu'il y a dans cette bouteille?

— De la poudre de viande. M. Perrot me dit d'en acheter.

— Monsieur qui?

— L'architecte; il a eu la même maladie que moi. Six francs la bouteille de quelques cuillerées! Elle ne m'engraissera guère.

— C'est de l'extrait de viande pour se nourrir, non pour engraisser.

— Je ne trouve pas la poudre mauvaise, mais ça coupe l'appétit.

— A quelle heure la prenez-vous?

— Avant le déjeuner.

— Il faut la prendre entre les repas, comme un petit repas. Faites-vous griller vos viandes?

— Oui, madame, dans la poêle.

— Non, sur le gril, et que le beurre soit à peine fondu.

— Oh! il n'a pas le temps de noircir.

— Qu'il ne cuise même point! Le beurre cru est sain, le beurre cuit ne vaut rien.

— Ah! vous avez encore lu ça dans vos livres; C'est drôle.

— C'est ainsi. Quelle espèce de viande?

— Ma Louise va à la boucherie; ce qu'on lui donne, elle le rapporte.

Tous ses amis le conseillent. L'un d'eux lui dit de faire bouillir un gros quartier de lard et d'en avaler le jus. Rien n'est plus doux à l'estomac.

Cet ami au bon cœur frappe du poing sur la table et crie :

— Je ne sortirai pas d'ici avant que tu m'aies promis de boire mon jus de lard.

— Je te le promets, dit Barnave.

— Jure-le!
— Je le jure, dit Barnave ému et las.

— Ils ne veulent pas que je boive du vin.
— Le vin vous ferait mal, dit Gloriette.
— Du bon vin?
— Il n'y a plus de bon vin.
— Je ne reprendrai jamais de forces si je ne bois jamais de vin.
— Aujourd'hui on ne boit que de l'eau, Barnave, même les gens riches; c'est la mode et la santé.
— Si j'étais riche et si je me portais bien, dit Barnave, je n'aurais pas le cœur de me priver de vin.

Ce qui lui paraît le plus dur, c'est de ne pas pouvoir manger de salade. Quand Louise mange la sienne tous les jours, comme si elle le faisait exprès, il la regarde avec des yeux de voleur et ça lui saute dans les talons.

— La vie est courte, Barnave.
— Vous trouvez? Moi, je la trouve bien longue. Sur quarante-cinq ans d'âge, j'ai eu quarante ans de misère.
— Avec de bons moments.
— Il faut bien rire quelquefois, même quand on souffre, même quand on est décidé à ne pas souffrir trop longtemps.
— Ne dites pas ça.
— Je le dis.

Dès qu'il se croit mieux, il parle de se lever de bon matin.

Après un silence, sa voix est changée; il a le

coin de l'œil humide. Ses larmes ont coulé sur le traversin. Il se voyait déjà mort et il pleurait.

Il habite une petite maison achetée deux mille francs à mon père. Barnave lui a dit un jour :

— Vous oubliez quelque chose dans votre maison: un fusil.

— Ah!

— Un fusil, vous savez bien, le vieux fusil à piston, à deux coups, démodé, qui ne pourrait plus servir à un chasseur comme vous.

— Tu crois?

— Faut-il que je vous l'apporte?

Votre père voyait bien que j'avais le fusil dans le ventre, que je ne pouvais pas l'acheter, et que je n'osais pas le demander; il me dit :

— Est-ce que ce fusil te gêne?

— Oh! non.

— Quand il te gênera, tu me l'apporteras. En attendant, laisse-le où il est.

C'était sa façon , à votre père, de donner. J'ai gardé le fusil.

— Vous ne le nettoyez pas souvent, dis-je à Barnave.

— Je n'y ai touché qu'une fois, dit Barnave, je n'y toucherai plus! Votre père ne l'avait pas déchargé. Un matin, je le prends, je veux tirer, il ne part pas. Je change la capsule. Il ne part encore pas. Alors je fais rougir une aiguille à la flamme d'une chandelle et j'essaie de déboucher la cheminée. J'étais assis, là, où vous êtes, le fusil sur mes genoux, le canon horizontal.

L'aiguille rougie met le feu à la poudre, et toute la charge va s'aplatir contre le mur, sous le berceau de ma petite Louise qui dormait dedans. Elle criait, et j'ai tout de suite vu qu'elle en était quitte pour la peur, mais je suis resté longtemps à votre place, sans pouvoir remuer.

Il ne peut plus manger que de la bouillie de truffes. Les truffes sont, au pays de Barnave, des pommes de terre. Le matin, s'il a dormi deux heures la nuit, il danserait; puis, pour un œuf qui ne passe pas, il croit qu'il va crever.

Son voisin Mougne dit :

— Il crèvera avant moi, c'est bien fait! Ah! il croyait que j'allais crever avant lui! Ça lui apprendra qu'il ne faut souhaiter la mort de personne.

Quelqu'un dit :

— Il est perdu! Ma pauvre Louise, tu ne le vois donc pas?

Cet autre :

— On sonne un glas! Cours vite, Louise, ton père doit être mort.

Une voisine s'inquiète :

— Il nous doit vingt-sept francs. Oh! nous ne les perdrons pas! Il ne mourra point sans payer. Il a de l'ordre, cet homme! Je suppose qu'il n'est pas assez bête pour oublier d'écrire ses affaires.

Elle le répète jusqu'à ce que Louise, qui entend, s'écrie par-dessus le mur de la cour : N'ayez crainte! Moi, je vous les paierai, vos vingt-sept francs!

Tous s'accordent à dire qu'il fait peur.

Il ne supporte plus qu'une cuillerée de sirop de

groseilles dans un verre d'eau fraîche du puits.

— Barnave, on vient de voter la loi de Séparation!
— Ce n'est pas trop tôt, dit-il.
Il faut vraiment que je ne sache quoi lui dire!

— Barnave! On s'attaque aux retraites ouvrières.
— Ah! tant mieux!... je ne les verrai pas, moi.
— Si, si, Barnave. Nous les fêterons à la Saint-Martin.
— A la Saint-Martin, je serai cloué.

La mort lui remplace déjà ses oreilles transparentes par de fausses oreilles en carton mou.

— Philippe, dit Barnave, à la noce de votre fille, vous me réserverez une tranche de gigot?
— Oui, mon vieux, mais je croyais que vous ne l'aimiez pas?
— Non..., c'est une idée, une idée d'hébété.

Philippe, qui vient de le voir changer de chemise, dit de son épine dorsale, tant elle ressort :
— C'est comme s'il s'appuyait du dos à un bâton.
— Je ne veux pas, dit Barnave, qu'on me mette au cimetière à côté de la Mougne. On ne ferait que se battre.

La grand'mère lui envoie M. le curé.
— Allez-y donc, ne craignez rien, il est poli!
Une première fois, M. le curé ne lui demande que de ses nouvelles. La seconde fois, il ajoute :
— Barnave, vous désirez sans doute me dire

quelque chose? Ça n'a pas l'air d'aller mieux aujourd'hui.

Barnave, qui n'a que le souffle, fait effort pour se dresser et répond d'une voix raffermie qu'on ne lui connaissait plus :

— Ça va très bien.

Il n'ouvre plus les yeux et serre à peine la main.

La grand'mère dit tout haut :

— Il va donc s'en aller comme ça? Le corps meurt, mais l'âme vit toujours!

— Laissez-le, répond tout bas Gloriette, il entend peut-être.

— C'est demain qu'on l'enterre?

— Oui, à trois heures, répond Philippe. On ne peut pas toujours le garder.

Feuilles d'Automne

Ce soir, quelle surprise! La lumière naturelle manque. Il n'y a plus de quoi finir la journée comme hier. Il faut une lampe.

La première flamme s'allume au foyer. Les esprits du feu renaissent. Le mélancolique enfer des bûches ouvre sa porte et se reflète au front des vieilles femmes averties.

Tout homme devrait scier le bois dont il se chauffe.

Il a gelé blanc; les dahlias sont fripés comme après une nuit de bal. Les tomates éclatent et, de leurs gerçures, le jus coule; les fanes des pommes de terre semblent cuites; mais l'oseille bien repassée résiste, avec la fine barbe frisée des carottes et les longues oreilles douces de la betterave.

Le vent se calme pour changer de direction : il hésite et cherche sa route.

Çà et là une framboise, quelques groseilles et de noirs cassis que les guêpes engourdies laisseront perdre.

Aux treilles se prépare la course en sac des raisins.

Les arbres cessent de former une masse verte confuse. Chacun prend sa teinte personnelle et se prépare à l'hiver selon ses habitudes. Celui-ci jaunit par la tête et celui-là laisse ses feuilles mourir toutes à la fois.

J'ai souvent la certitude que le soleil descend là-bas, au milieu du bois, chez une pauvre tribu d'Indiens, qui l'attendent. Ils sont vieux, isolés, inconnus. Ils savent à quelle clairière le soleil s'arrête chaque soir. Ils se réunissent en cercle autour de lui, et y réchauffent ce qui reste de vie à leur race mourante.

Le crépuscule est prolongé par un crépuscule de feuilles rousses. Les cimes ardentes de ces peupliers ne doivent pas s'éteindre la nuit.

C'est après une gelée blanche que les premières feuilles tombent; une petite pluie fine accélère leur chute.

On ne sent pas un souffle d'air. Pourquoi les feuilles du marronnier tombent-elles ainsi, une à une, régulièrement? Est-ce à la volonté de l'arbre muet qu'elles se détachent? Fait-il le compte des feuilles à rendre? Regardez-le bien et devinez celle qui va tomber : c'est toujours une autre feuille qui tombe.

Il faut, pour qu'elle tombe, tirer celle-là par l'oreille.

Le peuplier qui est dans le canal, la tête en bas, attire à ses branches les feuilles du peuplier qui est au bord du canal, la tête en haut.

Les feuilles tombent dans la rivière, glissent au fil de l'eau et s'éloignent. Elles aussi, elles émigrent.

Ce bouleau tremble-t-il de froid? Est-ce qu'il rêve?

Toutes les branches de celui-là dorment. Seule, au bout, là-haut, une petite branche de l'année s'agite encore et ne veut pas dormir.

Un pommier qui s'endormait tressaille d'une coupure à son écorce.

C'est Philippe qui, sans songer à mal, y suspend sa serpe jusqu'à demain.

Une feuille entrait chez moi par la fenêtre ouverte : je l'ai prise et relâchée.

On entend le bruit d'une feuille par terre : elle essaie un vol de pauvre oiseau qui n'aurait qu'une aile et une patte.

Celle-là se sauve comme un rat qui cherche son trou.

Soudain, c'est une débandade; des troupes de feuilles fuient, affolées, comme si l'hiver était là, au coin du bois.

Ce frêne est déjà tout nu, comme une fourchette.

Un temps d'arrêt : les dernières feuilles se cramponnent; ainsi qu'au chevet d'un malade dont l'agonie sera longue, on s'est désespéré trop vite. On reste triste, mais on pense un peu à autre chose et on attend.

Est-ce que tout va s'effacer?

Pour les mystères de sa métamorphose la nature s'enveloppe d'une brume épaisse où les corbeaux nagent et crient au secours.

Il fait nuit quand passe au-dessus de ma tête un vol de grues dont je reconnais le cri.

Je ne les distingue pas, mais j'entends battre leurs ailes, et je ne vois que les étoiles. Une étoile filante raye le ciel, et il me paraît que sa trajectoire silencieuse perce le vol des grues, que leurs cris de ralliement redoublent et que tout le long de leur voyage on tire sur elles avec des étoiles, sans fumée et sans bruit.

Une violette d'automne est plus qu'une autre modeste; il faut faire toutes les allées du jardin, se baisser, attraper une courbature avant d'avoir le petit bouquet de violettes d'un sou.

Quel égoïste avalerait lui-même la fraise d'automne? On n'ose la cueillir que pour la bouche pure d'une petite fille aimée.

Une suprême rose se déshabille et meurt.

Une poire oubliée lâche tout et tombe assise sur le derrière.

Une vieille femme apporte à la Bonne Dame Gloriette un plein panier de petites cervelles fraîches dans des petits crânes de bois qu'on s'amuse en famille à écaler et à ouvrir.

Le buisson clair révèle les passages des bêtes amies. Ici passait le lièvre, et, là, les perdrix rouges.

Une grive s'envole et pousse un cri du coin du bec.

Chaque haie expose les fines carcasses de ses nids. Il est facile de voir, entre les haies d'un champ, celle que les oiseaux ont préférée. Dans ses feuilles impénétrables elle les abritait contre les regards et le vent, et elle leur a servi une récolte abondante de graines variées, de fruits pulpeux, de mûres, de cenelles rouges, et de gratte-culs congestionnés.

Nids à louer.

Sur les pauvres qui rentrent pour l'hiver la maison basse ferme son toit comme deux ailes.

La vraie vie intérieure commence. Le frisson brusque, et sans cause connue, que les arbres se transmettent en une courte agitation, passe au cœur de l'homme soudain grave et le laisse longtemps troublé.

La récompense du travail, c'est le regard sur la nature. L'œil du paresseux ne voit rien.

Ma dernière promenade a été un acte de gratitude. Je disais merci aux arbres, aux rues, aux champs, au canal et à la rivière, aux tuiles de la maison.

C'est là que je vis comme j'aimerais toujours vivre.

Et j'y reste plus d'à moitié quand je quitte nos frères farouches pour aller à Paris, avec Gloriette.

Notes
et
Variantes

Bibliographie

ANNÉE 1908

Extrait du *Catalogue général de la librairie française. Tome* 22, *période de* 1906 *à* 1909 :

Ragotte, roman inédit. In-8°, 1908. Fayard. Relié, 1 fr. 35. Nos frères farouches.

Il a été tiré 200 *exemplaires sur papier de Hollande à* 3 fr. 50.

ANNÉE 1909

Extrait du *Journal général de l'imprimerie et de la librairie. Tome* 53 *:*

Nos frères farouches. Ragotte, par Jules Renard, de l'Académie Goncourt. Paris, impr. Welhoff et Roche, libr. Fayard. (S. M.) [15 février.] In-16, 306 fr. *Les Livres nouveaux*. 2694

Ragotte, par Jules Renard, de l'Académie des Goncourt. Illustrations et gravures de Malo Renault. Paris, impr. de l'Art décoratif, impr. Geny-Gros, libr. A. Romagnol. 1909. [9 Juillet.] Gr. in-8°, 125 p.. 1970

Extrait du *Catalogue général de la librairie française. Tome* 22, *période de* 1906 *à* 1909 :

Ragotte. In-8°, avec 35 dessins gravés par Malo Renault. 1909. Romagnol. 25 francs.

Tiré à 350 *exemplaires, dont* 35 *(*3 *états) à* 100 *fr., et* 115 *(*2 *états) à* 50 *francs.*

Extrait du *Catalogue d'ouvrages d'auteurs du* XIXe *siècle et contemporains en éditions originales provenant de la bibliothèque de feu M. Jules Renard, de l'Académie des Goncourt. (Vente du Samedi 12 Février 1921...) Paris, libr. Henri Leclerc, 219, rue Saint-Honoré,* 1921,

188. — Renard (Jules). *Ragotte a dit...* 7 pointes sèches en couleurs par Malo Renoult [*sic*]. Paris, Houry, s. d. 9 planches en feuilles dans un carton.

Portrait de Jules Renard et 6 figures en couleurs accompagnées d'une légende gravée dans la planche ; vignette et cul-de-lampe en bistre.

ANNÉE 1921

Extrait du *Journal général de l'imprimerie et de la librairie. Tome* 65 :

Jules Renard. *Nos frères farouches. Ragotte. Les Philippe.* Tours, impr. E. Arrault et Cie, Paris, édit. G. Crès et Cie, 21, rue Hautefeuille. 1921. In-16, 208 p. 6 fr.. 5420

S. D.

Jules Renard, de l'Académie Goncourt. *Nos frères farouches. Ragotte.* Paris, Arth. Fayard et Cie, éditeurs. *Modern-Bibliothèque* nº 170.

Ragotte et la critique

René de Chavagnes, *Gil Blas*, 26 octobre 1908 :

« Jules Renard a essayé, dans cette nouvelle œuvre, il me l'a dit hier, de faire de la vérité avec la vérité elle-même. Il s'est proposé de présenter tout un village avec ses traits les plus caractéristiques. Mais il n'a pas encore réalisé entièrement ce vaste dessein. Il s'est borné, dans cette première série d'études, à peindre quelques-uns des types de ce village, dont le plus important est *Ragotte*.

Son biographe dit d'elle qu'il faut longtemps la regarder, tant elle est naturelle, pour la voir. Ragotte est un très brave être humain, âgé de soixante ans, dont la société ne s'occupe pas, pour qui la République ne fait rien, bien qu'elle se fût mise « au service des autres » dès l'âge de douze ans. Et c'est pourquoi Jules Renard qui est obligé de lui faire une retraite — il reconnaît qu'il lui doit bien ça, comme droits d'auteur — maudit la République ! Il a eu Ragotte à son service pendant dix ans, dans la petite maison qu'il habite à Chaumont, sur les confins de Chitry-les-Mines, et qui est un ancien presbytère. Il ne s'est pas attaché à l'observer, pas plus qu'aucun des paysans qui vivaient autour de lui. Mais ces êtres, de temps à autre, se sont exprimés devant lui qui, tout de même, avait l'œil et l'oreille bien ouverts; et certaines des choses qu'ils ont dites, peu à peu, se sont gravées dans sa mémoire. Et c'est ainsi que Ragotte a fini par lui donner elle-même un résumé de sa vie, qu'il s'est, à son tour, occupé à peindre par petites touches.

Jules Renard est beaucoup moins observateur qu'on ne le pense communément. *Observer m'ennuie*, m'a-t-il affirmé. Il lui est arrivé des choses qu'il n'hésite pas à qualifier de fantastiques, et dont, cependant, il n'a jamais rien tiré...

Grâce à la forme neuve qu'il a employée dans cet ouvrage, comme pouvant le mieux le servir, Jules Renard n'a pas eu à se préoccuper d'écrire une " histoire ". Il a construit, avec un art extrême, sans jamais tomber dans la monotonie, comme une mosaïque et, l'on pourrait ajouter : ... de difficultés. C'est un genre de construction, en effet, qui ne permet guère les tricheries, ni les boursoufflures romantiques. Cela rappelle un peu le procédé de La Bruyère, bien que Jules Renard n'ait pas cherché, comme l'auteur des *Caractères*, à tracer des portraits complets. Les siens accusent à la fois de l'unité et de la diversité. Ragotte, après un événement comme la mort du petit Joseph, qui eût suffi à abattre d'autres êtres, se remet à vivre, avec une facilité prodigieuse.

On trouvera cependant, dans *Nos Frères farouches*, une nouvelle. Mais cette forme que cultivent " les grands faiseurs et les petits marchands de nouveautés " n'intéresse plus Jules Renard; il n'en a pas davantage besoin que de l'armature du théâtre. " Je voudrais que le lecteur lût ce livre, me dit-il, avec un peu d'étonnement, certes, mais qu'il en fût charmé et qu'il en conservât, comme d'un voyage — la vie c'est toujours un voyage — un souvenir lumineux, fût-il aussi simple que celui que ma fille rapporta d'un récent séjour aux Sables-d'Olonne. Comme je lui demandais ce qu'elle avait retenu ~~de ce voyage~~, elle me répondit : " J'ai vu un joli petit chien. "

Jules Renard n'a pas présenté de personnages importants, tels que le maire ou le curé, dans *Nos Frères farouches*, parce qu'il les trouve trop compliqués et trop peu intéressants, non plus que des histoires de voleurs ou d'adultères : elles sont les mêmes qu'à la ville, partant peu amusantes.

Ce qu'il y a de plus singulier, peut-être, chez les paysans, c'est leur ignorance profonde de la nature. Philippe ne sait rien de la nouvelle lune.

Et l'on se rappelle cette pauvre femme des *Bucoliques*, qui demandait si le soleil passait à Paris. Etudier la façon dont le monde se reflète dans le pauvre miroir des cerveaux de paysans, est un sujet que Jules Renard se réserve de traiter.. "

Marcel Ballot, *le Figaro*, 7 Décembre :

" Il y a de tout petits volumes qui sont de très pleins et

très grands livres : en cette catégorie se pourraient classer la plupart des œuvres de M. Jules Renard, — notamment l'humble et admirable *Ragotte*, qu'avec quelques autres de " nos frères farouches " sa plume vient de nous évoquer.

Regardez-le saillir de l'ombre, ce portrait de vieille servante, regardez-le s'accentuer, prendre sous chaque menue touche un plus lumineux relief et enfin rayonner dans son obscurité comme une réaliste figure de Rembrandt : peut-être vous fera-t-il songer à la pauvre bonne femme du roman de Flaubert en qui des philanthropes de comice agricole se complaisent à couronner " un demi-siècle de servitude ", mais, au lieu d'ineptes bienfaiteurs officiels, " le demi-siècle de servitude " a, cette fois, rencontré des maîtres simplement humains, une ménagère au gentil cœur fraternel, un artiste à la vision juste et précise, capables, celle-ci de sentir, celui-là de dégager la secrète beauté des âmes rudimentaires. Et c'est pourquoi on ne sait quelle pudique émotion contraste ici délicieusement avec cette sécheresse apparente et voulue qui constitue, aux yeux de bien des gens la manière même de M. Jules Renard. Déjà, pourtant, *Poil de Carotte* nous avait donné la mesure de sa vive sensibilité, mais trop souvent on est porté à confondre, en littérature, les moyens d'expression avec ce qu'ils expriment et, là encore, on avait identifié le vrai tempérament du poète, — car ne vous y trompez pas, M. Jules Renard est un poète, — à l'impassible ironie de son procédé technique.

Ce procédé, vous le connaissez : il consiste à juxtaposer, presque sans liens ni transitions, de petits traits soigneusement triés, de courtes notes documentaires, significatives, essentielles qui finissent par former la plus complète et la plus vivante des monographies. Chaque fiche, si j'ose dire, est rédigée en un style concis, sommaire, froidement lucide, en une souple phrase où tient à l'aise un étonnant raccourci de vérité. De ces détails choisis pas un qui ne soit infiniment riche de pittoresque ou de suggestion, pas un, non plus, que le moindre artifice littéraire vienne grossir ou déformer. Si la sagesse et l'esprit mordant et la bonté familière de l'auteur glissent leur mot au cours du dossier, ce n'est même pas en marge, c'est entre les lignes ou encore par l'opportune disposition des alinéas et des " blancs "...

Toutefois ceux qui n'ont considéré que cet aspect de son talent ne me paraissent pas lui rendre pleine justice, et peut-être n'a-t-on pas assez dit quelle indulgence compréhensive, quelle humanité frémissante guident et, parfois même, font légèrement trembler la pointe sèche de l'ironiste. " Ragotte ", nous déclare M. Jules Renard, “ est si naturelle que, d'abord, elle a l'air un peu simple. Il faut longtemps la regarder pour la voir. ” Volontiers, nous écririons de son biographe : “ Il est si réservé que, d'abord, il a l'air un peu misanthrope. Il faut le bien écouter pour l'entendre. ” Exempte de sensiblerie et de cabotinage, acquise surtout à ces humbles que, bêtes ou gens, il a si joliment baptisés “ nos frères farouches ”, sa virile pitié se dérobe, se dissimule, se fait presque aussi invisible que la psychologie de ses héros ou que la contexture de son récit. Elle n'en existe pas moins, comme elles, à l'état latent, elle est le foyer caché des livres de M. Jules Renard, et n'admirer en ce grand artiste qu'on ne sait quel virtuose clownesque et pince-sans-rire, c'est vraiment le méconnaître.

Certes, Ragotte nous apparaît souvent risible en sa plaisante rusticité; elle amuse les civilisés que nous sommes quand elle nous raconte le plus éblouissant souvenir de sa nuit nuptiale, à savoir que son cher Philippe avait une chemise bien propre; mais elle a, en outre, les inconscientes délicatesses des êtres primitifs, leur égale sincérité dans la joie et dans la souffrance, leur directe façon de sentir, leur résignation à la loi de nature, leur verbe mesuré, ignorant du mensonge social, des hyperboles conventionnelles, des décadentes nervosités; et, par là, elle devient profondément touchante. Sans se creuser la tête elle appellera son vieux bonhomme de mari : “ Mon principal ”, et, pour désigner ce fidèle, cet irremplaçable compagnon de route, une imagination raffinée eût difficilement trouvé mieux. Il est vrai que Ragotte ne manque pas d'ajouter, car le jardinier Philippe a le nez un peu déformé : “ A cause de son nez, je le reconnaîtrais entre cent cochons ! ” Mais c'est encore de la tendresse, avec un brin de jovialité. Elle a la notion et le goût de la hiérarchie : “ Un homme peut rester au lit quand il est malade; une femme, pas. ” Franchement, on ne saurait pratiquer un plus discret féminisme; et, socialement, elle poussera presque aussi loin l'oubli d'elle-même. L'avarice de sa sœur, qui “ ne donnerait pas l'eau où a cuit l'œuf ”, la scandalise quelque peu et elle aurait honte d'entamer pour elle seule son pot de confitures : “ Il me viendra peut-être de la compagnie ”, répond-elle à Mme Gloriette, sa fine et souriante maîtresse. Ne dites pas, d'ailleurs, à Ragotte qu'il n'y a point de justice en ce monde et qu'il est temps de remédier à l'inégalité des conditions. Elle a sa philosophie et vous fermerait la bouche d'un argument péremptoire; Gloriette en peut témoigner : “ Si par un hasard de naissance ”, lui avait-elle dit, " vous étiez ce que je suis et j'étais ce que vous êtes ? " Mais déjà Ragotte se récrie : " Moi, madame, à votre place et vous à la mienne ? Ce ne serait pas juste ! " Aussi bien, elle parle de faire " ce qu'on lui commande " avec " du respect pour qui commande, une joie grave d'être commandée, la certitude de bien obéir ", et sa sereine passivité a comme une grandeur de vertu domestique. En matière de dogme, Ragotte, à son insu, professe une extrême tolérance, compliquée de vagues superstitions et, à propos de l'hôte israélite qui est venu passer quelques jours chez ses maîtres, elle résoudra la question juive avec une équité tout évangélique : " Si c'est un brave homme, il faut le garder; si c'est un mauvais homme, il faut le renvoyer. "...

André Chaumeix, *les Débats*, 20 Décembre :

" On lit au-dessous de la vignette qui sert d'ex-libris à un récent ouvrage de M. Jules Renard ces mots classiques qui sont la fin d'un hexamètre : *Sub tegmine fagi.* Ne vous hâtez pas de conclure que ce livre est virgilien ni que les champs décrits par l'auteur revêtent ces formes tendres et magnifiques dont s'enchantait l'imagination du poète ancien. Le hêtre traditionnel du berger abrite ici un jeune personnage tout moderne qui n'a point le chapeau d'un pâtre et qui assurément ne s'appelle pas Tityre. Cette image nous avertit que M. Jules Renard est à la fois très antique et très nouveau. J'ajoute que c'est sans le savoir, car il ne s'est pas mis en peine d'être l'un ou l'autre; il n'a rien voulu inventer; il s'est contenté de regarder longuement des paysans et de les peindre. Il n'est pas de meilleure méthode pour qui a des yeux.

Les écrivains de notre époque ont manifesté un grand zèle pour la vie paysanne, et ils fourniront un curieux chapitre aux historiens de la littérature française parce que, loin de la légende idyllique et loin du romantisme naturaliste ils ont cherché librement la vérité campagnarde. La tradition la plus répandue est pour l'idylle. De Théocrite à la bonne dame de Nohant, la campagne a paru l'asile des rêves d'une société fatiguée, et les paysans ont formé des modèles d'autant plus dociles aux fantaisies des écrivains qu'ils ne protestaient jamais. Ils n'ont en aucun temps constitué un public " pour lequel " on écrit, mais toujours un public " au sujet duquel " on écrit et pour être lu par d'autres. Les bergers de Théocrite, tout mal vêtus qu'ils sont de peaux de bêtes, avec leur nez camard, leurs cheveux embroussaillés et leur indéniable vérité sont tout de même rayonnants de poésie sicilienne, et les paysanneries de George Sand sont attendries de merveilleuses effusions. Il est arrivé que le jour où les écrivains ont fui tant d'optimisme et rompu avec l'idylle champêtre, ils nous ont donné tout de suite le spectacle contraire : paysans terribles de Balzac, paysans comiques jusqu'au désespoir de Maupassant, paysans ignobles de ces " Géorgiques de la crapule " que furent *la Terre*, vous attestez notre désolation. N'y avait-il donc plus rien d'auguste dans " les champs pacifiques " où cheminait le semeur d'Hugo, et le peintre Millet n'était-il qu'un pauvre rêveur ?

M. Jules Renard méritera parmi les peintres modernes des paysans une place à part. L'auteur de *Poil de Carotte* est surtout connu comme humoriste, et il mérite bien quelque chose de cette réputation par une sorte d'ironie triste et par un goût contestable pour des jeux d'esprit comme ces définitions pittoresques d'animaux qu'il nomme " histoires naturelles ". Mais ses vrais titres sont ailleurs. Ils sont inscrits dans quelques centaines de pages un peu éparses des *Bucoliques*, de *Sourires pincés* et de son récent livre de *Ragotte*. Vous ne trouvez là aucun roman, aucune histoire développée, aucune œuvre de longue haleine. Ce sont de courts tableaux qui se suivent, et non sans lien, de petits poèmes en prose, des descriptions ramassées, de rapides dialogues. Tout cela au premier abord n'est pas sans déranger nos habitudes, et sans déconcerter un peu. On s'y accoutume vite et l'on ne songe pas à faire de reproche à l'auteur. Un seul petit livre est en fin de compte ce que la postérité recueille le plus sûrement, pourvu qu'il soit riche de sens. Ce qu'écrit M. Renard est âpre, nerveux, incisif; on en goûte la plénitude et le relief. M. Jules Renard donne l'impression d'un homme capable de regarder pendant toute une journée, un paysan qui bêche, et d'écrire ensuite vingt lignes. Mais cet humble tableau recèlera quelque chose de profondément humain : dès qu'on l'examine il paraît s'étendre dans le lointain, et découvre on ne sait quels horizons.

Ce sont de très simples gens que les héros de *Nos Frères farouches*. Philippe est un vieux paysan qui garde la maison et qui jardine. Ragotte sa femme l'aide, lave le linge à la rivière, met de l'ordre au potager. Ils ont trois enfants, une fille Lucienne qui se marie, un fils Paul qui se brouille avec eux, un jeune garçon, le petit Joseph qui meurt dans un hôpital de Paris. Ils travaillent, ils s'usent, ils vieillissent, ils mourront bientôt... Il n'y a rien d'autre, et c'est assez. Car en toute occasion, on est frappé par la représentation expressive des sentiments et des attitudes. " Ragotte aime Philippe, dit l'auteur, mais comment oser dire qu'elle l'aime d'amour ? Quel nom faut-il que je donne au sentiment qui les tient liés ?

Elle l'aime, cela signifie qu'elle le préfère à tous. Elle a perdu sa mère, Philippe lui restait. Elle perd son petit Joseph, Philippe reste. Les autres enfants peuvent mourir, Philippe vivant, elle ne sera pas inconsolable...

Le drame de sa pauvre vie, c'est la mort du petit Joseph. Nous l'avons vu grandir ce petit Joseph dans les *Bucoliques* et il a donné à M. Jules Renard le sujet d'une de ses pages les plus colorées et les plus poétiques. Quand il a eu fini d'aller à l'école, il a profité de la grande louée de Lormes pour se louer. Et voici un petit tableau d'anthologie. " Il portait un flocon de laine à sa casquette, ce qui signifiait : " Je me loue comme berger. " Ceux qui veulent se louer comme moissonneurs ont un épi de blé à la bouche. Les charretiers mettent un fouet à leur cou. Les autres domestiques se recommandent par une feuille de chêne, une plume de volaille ou une fleur. Joseph arrivait à peine sur le champ de foire que le fermier Corneille l'attrapa: Combien, petit ? Joseph ne dit pas deux prix. Il dit cent francs et le fermier le retint. Et comme Joseph oubliait de jeter par terre la laine de sa casquette, on l'arrêtait encore. Il se serait loué vingt fois pour une et chacun voulait l'avoir parce qu'il était doux de figure. Il s'amusait bien en se promenant. Au retour, il eut de la tristesse, mais son père Philippe le consola. Ecoute donc, bête, tu seras heureux comme un prince; tu auras un chien; tu partageras avec lui ton pain et ton fromage; et il ne voudra suivre que toi. — Oui, dit Joseph, et je l'appellerai Papillon. " Plus tard, placé à Paris, le petit Joseph tombe malade et meurt. Les pages que M. Renard a groupées sous ce titre " le chagrin de Ragotte " et où il fait voir plutôt qu'il ne raconte cette douleur concentrée sont des plus poignantes. Ragotte pense à Joseph. " Elle baisse la tête plus bas, un peu plus bas, jusqu'à ce qu'elle la relève avec brusquerie comme si elle venait de heurter du front la pierre du petit ". L'après-midi elle s'assied devant la porte, au pied de la croix qui est à l'ombre; elle rêve; elle dort. " Assise elle semble porter la croix sur son dos n'en pouvant plus de fatigue et de misère. " Et toute sa détresse de vieille est dans ces mots : " Elle a de moins en moins d'agrément à aller à la rivière, et à porter sur son bras les lourds draps mouillés. " On pourrait citer bien d'autres traits, le récit de la brouille avec Paul, l'histoire de la vieille Honorine, le mariage de Lucienne. Mais c'en est assez pour qu'on juge de l'art de M. Jules Renard. Il n'en est pas de plus dépourvu de littérature, et il n'en est pas non plus où le choix des mots, leur place, leur forme, leur son ait plus d'importance. On serait tenté de croire qu'il n'y a aucune invention dans ces traits observés, groupés, et mis en œuvre. Tout le travail de l'auteur est dans leur arrangement. Ce ne sont pas des descriptions; ce sont des raccourcis, où tout doit être en valeur. L'écrivain ne développe pas : il concentre. De là quelque chose de tendu, où la grâce est rare, mais qui fait impression. Je disais que M. Jules Renard rappelle un art très antique et c'est, en effet, au vieil Hésiode qu'il fait penser. Chez ce poète campagnard, presque aussi ancien qu'Homère, il y a ce même mélange d'exactitude, de rudesse, de bonhomie, d'amertume; il y a ces courts morceaux ramassés, où la vie anime les moindres détails, ce même art de simplifier et de choisir, d'assembler des petites choses vraies qui, réunies, se trouvent avoir une signification largement humaine et une sorte de grandeur. Car si M. Jules Renard non plus que le vieux poète rustique qui vivait au pied de l'Hélicon, ne philosophe jamais, toute son œuvre est pénétrée d'une tendresse virile et secrète. Ce qu'elle exprime partout, c'est la dure querelle de l'homme et de la terre, le pénible labeur quotidien, l'usure des corps et des esprits, la fière misère des existences de paysans. Elle ne jette sur ces destinées simples aucun soupçon de bassesse; elle fait paraître admirables, au contraire, la résignation sans phrase, les choses obscurément généreuses dites en un langage savoureux, la sainteté du travail. Et lorsqu'on ferme le livre, l'émotion dernière qui demeure est celle de quelque chose de sacré comme la douleur. »

C. F. Ramuz, *la Semaine littéraire*, Genève, 2 Janvier 1909 :

« Encore que de telles prédictions soient souvent chose hasardeuse, je pense qu'on a chance de ne point se tromper en avançant que, parmi les volumes de ces vingt dernières années, *Poil-de-Carotte* est un de ceux qui ont le plus de chance de durer. S'il me fallait d'ailleurs soutenir mon opinion par autre chose qu'un goût tout personnel, je dirais simplement que ce livre (comme plusieurs autres de son auteur) me paraît être en effet un des plus « parfaits » qu'on ait écrits depuis longtemps; et c'est dans la perfection que la durée réside. Enfin, comme ce mot pourrait être interprété de différentes manières, je le remplacerais volontiers par un terme équivalent et plus précis, et je mettrais : réalisé. On ne saurait jamais trop s'expliquer.

M. Jules Renard connaît exactement ses forces. On le sent bien au ton de certitude qu'on retrouve dans ses moindres pages. C'est là une force de plus, et essentielle. Il sait exactement ce qu'il est; il ne prétend pas au delà. Il est l'écrivain le plus mesuré de notre temps. Et, comme la diffusion n'est en définitive que de la difficulté à se faire comprendre, — il arrive qu'en étant un écrivain sûr, M. Renard est en même temps un modèle de concision. Mais, ces qualités-là, il les partage avec d'autres. Ce courage de se restreindre pour se mieux posséder, plusieurs à la rigueur l'auraient au même degré que lui. Il s'agirait de connaître surtout la qualité de cet esprit, et elle est d'une sorte si particulière que rien n'est plus malaisé que de la définir.

Le nouveau volume de M. Jules Renard m'en servira de prétexte. Je ne sais s'il égale ses devanciers et ne veux point le rechercher. L'écrivain s'y retrouve tout entier, et cela doit suffire. *Ragotte*, comme la plupart des livres de M. Renard, échappe à toute classification. Et non seulement parce qu'il se compose de morceaux détachés : les volumes de nouvelles ou de poèmes en prose ne manquent point, même le terme de roman serait assez vaste, si on voulait bien, pour s'y appliquer, car ces petites pièces, par leurs personnages et surtout leur fond, ont un tel lien de parenté qu'elles pourraient presque passer pour les différents chapitres d'une même œuvre. Mais il y a plus : et j'en reviens à ce que je disais tout à l'heure, c'est M. Renard lui-même qui est difficile à classer. Son originalité est de telle sorte et si profonde, j'entends si peu cherchée, si inhérente à sa vision même et à sa sensibilité qu'elle l'a fait ranger dès ses débuts à part. Comme elle n'arrivait à le rapprocher d'aucun de ses confrères, la critique presque unanime a préféré le tenir pour une sorte de monstre, et à lui réserver, dans le vaste cartonnier où on entasse pêle-mêle le reste des écrivains, un tiroir tout particulier. Le malheur est que, par là, elle s'est montrée un peu injuste. Ce tiroir, elle l'ouvre peu. Et qu'on parle parfois de M. Renard, ce n'est point assez : il faudrait en parler beaucoup. Mais les rapprochements sont si commodes, surtout quand ils se font au hasard ! Que de peine au contraire pour distinguer et définir !

Il a, pour moi, un premier charme, qui pourrait être tout extérieur, mais qui ne l'est pas chez lui : il est un des rares auteurs français à connaître les choses de la campagne. J'entends qu'il la connaît vraiment. Il ne connaît point que l'aspect des champs, il a le secret des cultures. Les hommes, pour lui, n'y sont point seulement placés pour en compléter le décor; il sait, d'instinct, ou d'intuition, ou d'expérience (et c'est la seule bonne façon de le savoir), quels rapports nécessaires et profonds rattachent les êtres aux choses. Et, d'avoir cela tout le temps dans l'esprit, de ne jamais rien voir sans y penser inconsciemment, cela n'a l'air de rien, c'est tout. Qu'on le remarque bien : la littérature française est une littérature de salons, je dirais même de cour; et s'il est superflu d'en prévenir quand il s'agit de la classique, peut-être l'est-il moins de le rappeler quand il s'agit de la contemporaine. Car elle a beau s'être " élargie ", comme on a dit, s'être " documentée " et ne vouloir rien dédaigner, elle n'en porte pas moins, profondément gravée, la trace de son origine. Il y a pour elle des " humbles ". Un roman paysan est un roman " rustique ". Ces deux épithètes constamment employées, sont déjà un indice suffisant. On a beau s'être dit que les hommes sont partout les mêmes, ils restent, quoiqu'on fasse, classés. Et, parmi les auteurs contemporains, il n'y en a peut-être aucun, si j'excepte M. Renard, qui n'aille au paysan sans se dire : " Je vais *étudier* le paysan ". L'étudier, quel aveu !

Certes, M. Renard ne l'étudie pas. Et comme il a raison ! et comme il a mieux à faire ! Mais c'est qu'il est peut-être le seul à le pouvoir faire. Pour quelles raisons, par suite de quelles circonstances, je ne sais. Mais comme il faut lui savoir gré de pouvoir aller naturellement dans les rues de son village, pareil par sympathie (qu'on me passe ce vilain mot, qui dit bien ce qu'il veut dire) à ceux qui l'entourent, pareil à ses *frères farouches*. Tel est, en effet, le sous-titre du présent livre et M. Renard ne l'y a pas mis sans dessein.

Nul étonnement d'intellectuel ! Nulle répugnance de " naturaliste ". Car, si certains livres de Zola inspirent un tel dégoût physique, cela n'est point du tout à cause des détails " bas ", ni des nécessités d'un sujet malheureux, c'est que leur auteur a été le premier à le ressentir. Il n'y a de vulgarité que dans l'esprit. Ces mêmes détails, ou à peu près, on les retrouverait chez M. Renard, qui a trop de probité d'artiste pour rien cacher par fausse honte, — on ne les y reconnaîtrait pas. Quel usage, cependant, va-t-il faire de ses connaissances, presque techniques ? Comment réagira-t-il ? C'est revenir aux mêmes questions. Elles sont, à vrai dire, centrales.

Il y a une vieille femme qui s'appelle *Ragotte*. Son histoire est toute une histoire. Dans cette histoire, il n'y a rien. Ragotte est en service chez M. Renard, avec son mari qui s'appelle Philippe. Ils ont eu trois enfants : l'aîné, le Paul, qui est maçon; Lucienne, qui est en service, elle aussi, mais à la ville; et puis Joseph qui accompagne M. Renard, l'hiver, à Paris. Joseph meurt à l'hôpital. Lucienne se marie. Le Paul se brouille avec ses parents, puis se raccommode. C'est tout. A part quelques détails qu'on apprendra peu à peu sur la vie et le caractère de Ragotte : ainsi qu'elle a dansé au mariage de sa fille :

« Ragotte aussi danse, oh ! pas le jour, non, le lendemain de la noce.

« Elle a été, autrefois, une bonne danseuse. Elle dansait toute seule, sur la route, jusqu'à en perdre ses chaussons, et, de retour à la maison, elle était battue ! messieurs, qu'elle était battue !

« C'est Michel qui la tire par le bras et la décide...

« Tout à coup, elle s'arrête, laisse Michel en plan et s'éloigne, courbée, comme si sa tête se cachait. Nous devinons ce qu'elle a. Elle vient de se rappeler subitement la mort du petit Joseph. Elle pleure de chagrin et de repentir, et nous tourne longtemps le dos. »

Donc, la vie de Ragotte au jour le jour, et puis c'est tout. Et on dira : « Ce n'est pas composé ». Non, sans doute, si la composition nécessite une « intrigue », s'il est indispensable qu'une histoire, quelle qu'elle soit, ait un commencement, un milieu, et une fin. Mais cela est-il vraiment nécessaire ? Ne convient-il pas plutôt que, chaque écrivain ayant son style, ait également son ordonnance à lui ? Et ne serait-il pas bizarre que cette même personnalité qui règle le rapport et la succession des mots, soit sans effet sur ceux des événements ? Et le ton n'est-il pas d'ensemble au moins autant que de détail ? Ce qu'on peut en tout cas dire, pour rassurer le lecteur, c'est que M. Renard n'est pas homme à rien abandonner au hasard. Il a fait ce qu'il a voulu; et j'aimerais à montrer que sous cette apparence de laisser-aller, sous le fragmentaire voulu, se cache l'art le plus sûr et la plus ferme autorité. Il y a de la mesure là aussi. Il y en a autant qu'ailleurs. Et l'effet total, qui est grand, résulte tout autant de l'arrangement des parties entre elles que de leur exécution.

Seulement, encore une fois, M. Renard n'a-t-il prétendu qu'à nous amuser ? Et il demeure entendu d'avance que cet amusement serait d'un ordre supérieur, subtil même parfois. Mais n'y a-t-il que cela ? Je n'y crois guère. Il faudrait rechercher de quoi cet « ironiste » est fait. Je dirais qu'il est fait au moins pour la moitié d'un poète, et d'un poète sans éloquence, ce qui est rare dans la littérature française. C'est même pour cela qu'il risque de passer inaperçu. Là où d'autres publient leur émotion et la grossissent par tous les procédés d'une rhétorique plus ou moins habile ou sincère, il ne s'occupe qu'à la dissimuler. Il la dissimule sous un sourire. Il parle des choses les plus terribles et les plus redoutables avec le même ton discret qu'il applique aux petits événements de chaque jour. Ce sens de la nécessité qu'il y a dans le paysan, on le retrouve chez lui. Il ne s'insurge pas contre l'inévitable, il le constate simplement. Cela ne veut pas dire qu'il n'en souffre point, lui aussi, mais il n'a pas l'intention de nous mettre dans la confidence. Plus que cela : il prétend se cacher. Du moins se cacher à moitié; se cacher à ceux à qui l'extérieur suffit, et les dehors des mots; les autres sentiront vite au petit ébranlement que communiquent ces phrases toutes simples, quelle vive et parfois douloureuse sensibilité se dissimule sous les apparences du détachement.

M. Renard est un poète, si j'osais dire d'attitude. Un poète des choses autant que des hommes, un poète des choses et des bêtes, comme le vieux La Fontaine, mais à sa manière, qui est bien à lui, et qui s'est baissé pour voir sous les haies, et, s'étant arrêté avec Philippe pour causer, s'attarde ensuite aux canards de la mare. Mais plutôt que de nous les montrer, ces êtres et ces choses, dans leur transformation et leur continuelle succession, M. Renard se plaît à les fixer dans l'immobilité d'un moment caractéristique. Son instinct, car nulle volonté n'y parviendrait, entre mille attitudes, sait choisir celle qui, tout en étant peut-être momentanée et accidentelle, révèle le mieux l'individu. Et voici où l'ironiste (ou le poète, suivant le ton) va intervenir. Cet objet, ainsi saisi, M. Renard ne le peint point directement, encore moins le décrit-il : son sens des correspondances intervient aussitôt : une comparaison s'impose, il en abandonne généralement le terme immédiat, et ne s'en réservant que l'autre, il paraphrase, en quelque sorte, la métaphore, de sorte que, selon celle qu'il a choisie, tour à tour il prête à sourire, où il émeut, — ou souvent les deux à la fois.

On me pardonnera ces explications pédantes, et presque techniques; elles étaient indispensables; je les voudrais seulement plus claires, mais peut-être les exemples que j'ai cités plus haut, m'aideront-ils à me faire comprendre. Le reste est affaire de sensibilité chez le lecteur; elle seule pourra lui faire goûter, je crois, ce mélange fréquent de deux sensations et de deux " tons" généralement contradictoires. Ce talent, tout épigraphique, peut déplaire par son fragmentaire. Qu'on aille contre cette première impression, qu'on considère bien que le roman contemporain a de mauvaises habitudes. J'entends qu'à rechercher l'effet dans un seul sens, et à la façon du théâtre, il est tombé dans la recette. Il a mille autres moyens à sa disposition. J'irais presque jusqu'à dire que M. Renard en a mis un de plus à son service. Car je crois que " l'effet ", celui d'ensemble, tout autant que celui de détail, des livres de M. Renard est très grand. Qu'on examine alors la simplicité parfaite des moyens. Il aligne de petites phrases dépourvues d'incidentes, faites d'un sujet, d'un verbe et d'un complément. Mais, chacune apportant exactement ce qu'il faut, chacun ayant exactement sa place ; et comme d'autre part, elles sont liées entre elles beaucoup plus, ainsi qu'il convient, par leur sens que par des conjonctions alors inutiles; comme enfin, et surtout, la direction de la pensée ne dévie jamais chez lui, — M. Renard arrive, sans que le lecteur s'en doute, à agir sur lui d'une manière profonde. Parfois nullement immédiate. Il faut un moment pour réaliser son émotion. Elle est d'autant plus durable. Cela a l'air sec et n'a rien de sec. Hélas ! les mots les plus ampoulés, les phrases les plus contournées n'aboutissent souvent que là. Il est heureux qu'en revanche les mots les plus dépouillés conduisent parfois à autre chose. Voilà un " paysan " qui peut être un artiste exquis. Voilà l'esprit le plus cultivé qui n'a rien perdu de sa spontanéité. Voilà la sensibilité la plus déliée qui a su gagner d'autant plus en force qu'elle se contenait davantage.

Et je ne ferai pas à M. Renard l'injure de le féliciter de ses dons " d'observation ". Non qu'ils n'existent, et très grands. Mais que sont-ils, ces dons, par eux-mêmes ? Et qui ignorerait de quel petit emploi ils sont, et à quel pauvre résultat ils aboutissent, si la sensibilité et l'imagination n'interviennent dès le début, comme profondément mêlées à eux. Combien fréquemment ce qu'on croit " observé " n'est en définitive que deviné. Avec notre vision si incomplète, bien pauvre serait celui qui ne pourrait l'élargir par cette autre faculté plus haute qu'on pourrait appeler la vision intérieure. On a abusé du " document ". Il est froid et mort par lui-même. Il faut " revivre " ce qu'on a vu.

Ainsi procède M. Renard. Et j'aimerais terminer ces quelques remarques, tout en complétant par là ce qu'elles ont d'éparpillé et d'incohérent, en le citant encore. Je n'en ai plus la place. "

Louis Nazzi, *Mon chez moi*, 10 Janvier :

"Il n'est guère d'écrivains plus parfaits, plus soucieux de leur œuvre et plus dignes d'estime que M. Jules Renard. Il représente l'un des types les plus accomplis de l'*ouvrier* littéraire, espèce qui tend de plus en plus à disparaître. Il possède ces qualités foncières d'économie, d'ordre et de discipline qui furent l'apanage de nos grands écrivains, de La Bruyère à Gustave Flaubert. Son art est un des plus volontaires, des plus sûrs et des plus pleins qui soient. Il a la force, la couleur, le nombre, la grâce et le goût. Il connaît toutes les ressources de notre langue. Il passe pour l'un des maîtres humoristes de notre temps, et, pourtant, il connaît le secret des larmes. Sa phrase, toujours bien venue et d'un tour rapide, n'est que l'enveloppe gonflée d'une observation exacte et juste; point d'ornements, de sentimentalisme et de pose; à peine, de temps à autre, un sourire, ou bien, subitement, la crispation d'un homme qui ne veut pas paraître ému. En somme, nous nous trouvons en présence d'un écrivain qui sait voir et qui sait exprimer, et qu'on pourrait définir excellemment un réaliste lyrique. M. Jules Renard est un classique et l'un des plus purs écrivains français.

L'auteur de l'*Ecornifleur* et de *Poil-de-Carotte* confère au moindre de ses écrits une originalité savoureuse et rare, une maturité de pensée et d'observation, une richesse et une solidité de forme qui sont, pour ses livres, des gages de durée et de gloire véritable. Plutôt que de distraire, à l'aventure, ses dons de poète, d'artiste et de moraliste sur des ouvrages hâtifs et copieux, il préfère s'en tenir à ses courts et précieux romans qui sont comme des recueils de poèmes en prose. Longuement élaborés, composés au gré des jours, il les travaille avec une mâle ardeur. Il ne remet son livre à l'éditeur que parachevé et débordant de vérité et d'humaine tendresse. Il a cette merveilleuse abnégation du paysan qui sait attendre la récolte. En même temps qu'un prosateur de race, M. Jules Renard est un sage, dans toute la force du mot. Et ceux-ci, à notre époque, ne sont pas moins rares que ceux-là.

Le livre que nous donne M. Jules Renard, cette année, et qui a pour titre *Ragotte*, est digne des *Bucoliques* et des *Histoires Naturelles:* je ne sais guère de plus bel éloge pour un livre qui traite de la vie aux champs. Il les continue sans les répéter; il est sorti de la même veine qui, exploitée avec tant de prudence et de soins, semble prêter matière à d'inépuisables observations. En effet, dans *Ragotte*, non moins que dans les œuvres précédentes de M. Jules Renard, nous faisons de nouvelles connaissances profitables et divertissantes. Nous approchons de plus près de nouveaux *frères farouches*, comme l'auteur de *Ragotte* se plaît à désigner avec bonheur ces paysans qu'il aime, qu'il décrit avec force et minutie et qu'il dépeint avec une si belle franchise. Nous pénétrons dans leurs chaumières; nous assistons à leurs entretiens, à leurs monologues et à leurs songeries mêmes. Ils vivent devant nos yeux, tels qu'ils sont, avec leurs rudes vertus et leurs basses hypocrisies. Nous les sentons réels, exacts, véridiques. Ce ne sont pas de vagues pantins, habillés à la mode paysanne et auxquels l'écrivain confie ses mots d'auteur. Non pas. Ils existent. Nous les connaissons, nous les suivons, nous en gardons un souvenir direct et précis. Nous n'avons pas ici une peinture chargée de la vie paysanne, à idyllique la George Sand, ou pessimiste, à la Zola, un plaidoyer pour ou contre les hommes de la terre, un panégyrique ou un pamphlet. En un mot, ce n'est pas *le paysan*, mais des paysans que M. Jules Renard nous fait connaître et aimer, à force de clairvoyance et de pitié.

Dans son dernier livre, l'auteur nous raconte surtout les gestes, les pas, les sourires et les pensées d'une bonne vieille de campagne. Sans le secours d'une affabulation compliquée et d'une mise en scène romanesque, mais au moyen de petits tableaux simples, nets et choisis, de croquis, de notes et de boutades, M. Jules Renard nous campe sa finaude et délicieuse Ragotte, la fait vivre et jaser de façon inoubliable, si bien que nous voyons passer, à travers les pages, sa remuante silhouette. Mais mieux encore, nous pénétrons dans son âme, dans sa pauvre âme adorable et fermée, aux crédulités, aux spontanéités et aux ruses charmantes. Son homme, son Philippe, n'est ni moins vrai, ni moins admirable. Ce sont là de braves gens qu'il faut approcher et connaître, *Ragotte* est un livre aimable et profond, séduisant et franc, œuvre d'un artiste probe et d'un homme sincère et bon.

Variantes

La plus grande partie de Ragotte a paru pour la première fois dans *Messidor*, *Paris-Journal*, le *Journal*, la *Grande Revue* et dans le premier numéro des *Lettres*, revue fondée par Reboux en 1906.

MŒURS DE RAGOTTE

Les fragments Mœurs de Ragotte ont paru pour la plupart dans *Messidor*, les 8 et 15 juillet 1907, sauf un chapitre qui parut dans les *Lettres*, le 6 février 1906.

Page 11 Ligne 19 ...; elle avait des souliers...
— — 22 ... sous le porche, elle voit qu'elle les a oubliés ! Il fallut bien...
Page 12 Ligne 8 *Jeune* mariée, elle habitait...
Page 31 Ligne 5 Je l'ai vue, *va*, c'était...
Page 36 Ligne 15 *Si* un veau tette mal, elle le traite...

LA MORT DU PETIT JOSEPH

Messidor, 5 août 1907, sauf *Le Chagrin de Ragotte* qui parut dans le numéro du 15 juillet.

Page 46 Ligne 7 Quand le petit Joseph *qui avait une bonne place à Paris* venait la voir *et* était câlin, il ne lui flanquait jamais...
Page 49 Ligne 6 ... à la rivière.

Page 51 Ligne 26 ... n'est pas encore venu. (fin de ce fragment dans *Messidor*).

LUCIENNE

Grande Revue, 10 septembre 1908. Les fragments :

Page 52 Ligne 13; Page 64 Ligne 13; Page 65 Lignes 11, 14, 17, 28 avaient d'abord paru dans *Messidor*, 8 juillet 1907.

Page 52 Ligne 13 *Lucienne va se marier. Ragotte est soucieuse. Le gendre qu'elle ne connaît pas viendra les voir demain. Va-t-il coucher ?*

Et puis, il faut qu'elle s'achète un bonnet de dame qui ne servira que le jour de la noce. Son Paul...

Page 52 Ligne 13 *Inquiète d'abord, elle a enfin trouvé ce qu'elle allait faire pour sa fille et son gendre qui arrivent ce soir:*

Après la soupe,...

Page 65 Ligne 14 *Elle dit à sa fille qui s'est promise:* Personne...

— — 17 *Une fois mariée, Lucienne, tu sentiras* le pou...

(*Messidor*).

— — 28 *Elle a reçu...*

LE PAUL

Messidor 16 et 23 septembre 1907.

Page 68 Ligne 28 ..., ferme les volets.

Page 69 Ligne 7 ... après la leçon. Il a honte, Madame, il sent qu'il a mal fait...,

Page 70 Ligne 1 Ce n'était pas assez de la mort...

Page 71 Ligne 7 Un peu *plus tard*, Ragotte,...

RAGOTTE ET LE PAUVRE

Journal, 12 octobre 1906, sous le titre *Le Pauvre* où on lit Annette au lieu de Ragotte.

LE VERRE D'EAU

Journal, 31 août 1906. Deux personnages : Monsieur, Philippe, son jardinier.

HONORINE

Messidor, 22 et 29 juillet 1907.

Page 95 Ligne 24 Tais-toi, *hébêté !* dit Honorine...

Page 98 Ligne 11 Ce paragraphe n'existe pas dans *Messidor*.

Page 100 Ligne 22 Fin de la nouvelle dans *Messidor*.

MÉLANIE. PROPRIÉTAIRES. PETITS GARS DE L'ÉCOLE. LA VEUVE LAURE. FRÈRE OU FIANCÉ

Messidor, 12 août 1907.

L'ENFANT MALADE

Les Lettres, 6 février 1906.

BONNARD

Paris-Journal, 26 octobre 1908, sous le titre : *Nos Frères Farouches. Le Malade.*

MARTINE QUI FAIT LA CHOUETTE

Messidor, 19 août 1907, sous le titre *La Chouette.*

LE BON RICHE

Messidor, 19 août 1907.

LA TRIBU DES GRILLOT

Messidor, 19 et 26 août 1907.

Page 182 Ligne 11 *Les petites filles* qui dansent des rondes...
— — 24 ... de douleur à *sa* place.
Page 186 Ligne 28 Le paragraphe n'existe pas dans *Messidor.*

MERLIN

Le chapitre III a paru dans *Les Lettres*, 6 février 1906, où il débute ainsi :

Cette toquée-là se jette un soir dans le puits du bois des Chênes ! Pourquoi ? personne ne le sait.

LES MIGNEBOEUF

Messidor, 2 septembre 1907, moins le chapitre III.

LE VIEUX COUPLE

Paris-Journal, 26 octobre 1908.

LE CASSEUR DE PIERRES

Messidor, 2 septembre 1907.

LE BATEAU

Paris-Journal, 26 octobre 1908.

FEUILLES D'AUTOMNE

La plupart de ces fragments ont paru dans *Paris-Journal*, 12 octobre 1908, sauf les fragments: Page 180 Ligne 28 et Page 181 Ligne 21.

Le fragment Page 178 Ligne 25 avait paru antérieurement dans *Les Lettres*, 6 février 1906, avec ce début :

Ce matin on ne sent pas un souffle d'air. Pourquoi les feuilles du marronnier tombent-elles ?

Et pourquoi tombent-elles une à une régulièrement ? Est-ce à la volonté...

Page 182 Ligne 12 ... *quand je rentre à Paris.*

TABLE

www.ingramcontent.com/pod-product-compliance
Lightning Source LLC
LaVergne TN
LVHW020603230826
846091LV00002B/592

9782329082691